Catalogage avant publication de Bibliothèque et Archives nationales du Québec et Bibliothèque et Archives Canada

Marleau, Brigitte, 1968-

Asclé – La vengeance
Pour les jeunes de 13 ans et plus.

ISBN 978-2-89595-316-6

I. Wilkins, Sophie. II. Titre. III. Titre: La vengeance.

PS8626.A754A82 2008
jC843'.6   C2008-940738-5
PS9626.A754A82 2008

© 2008 Boomerang éditeur jeunesse inc.

Auteure : Brigitte Marleau
Illustration : Sophie Wilkins
Graphisme : Geneviève Guénette

Dépôt légal — Bibliothèque et Archives nationales du Québec, 3ᵉ trimestre 2008

ISBN 978-2-89595-316-6

Gouvernement du Québec — Programme de crédit d'impôt pour l'édition de livres — Gestion SODEC

Boomerang éditeur jeunesse remercie la SODEC pour l'aide accordée à son programme éditorial.

Nous reconnaissons l'aide financière du gouvernement du Canada par l'entremise du Programme d'aide au développement de l'industrie de l'édition (PADIÉ) pour nos activités d'édition.

Imprimé au Canada

À Marie-Hélène mon amie et à ses trois enfants, Jonathan, Sandra et Philippe.

Table des matières

LA CUEILLETTE DE FRAISES

« Des fleurs magiques bourdonnaient.
Les talus le berçaient.
Des bêtes d'une élégance fabuleuse circulaient.
Les nuées s'amassaient sur la haute mer
faite d'une éternité de chaudes larmes. »
Rimbaud, *Enfance*

Soudain, Asclé reçut un coup à la tête. Pourquoi sa mère la frappait ainsi? Elle se retourna, une réplique à la bouche, mais resta figée, hébétée… sa mère se trouvait dans une autre rangée. Elle n'avait donc pas pu lui frapper la tête. À cette heure, il n'y avait personne d'autre dans le champ sauf le propriétaire, qui lui, venait de sortir de sa maison à l'autre bout de son terrain. Des frissons lui parcoururent l'échine[1]. Elle avait bien senti quelque chose la survoler et la frapper. Quelque chose de plus fort encore la frappa et la barrette qui était sur ses cheveux alla valser trois mètres plus loin dans le foin. Asclé n'aimait pas ça, elle se sentait agressée. Elle se demandait encore pourquoi elle avait accepté d'aller cueillir des fraises avec sa mère un samedi matin.

---

[1] Colonne vertébrale.

Sa mère et elle habitaient un modeste appartement à Montréal. Il était beaucoup plus facile pour elles d'aller au marché acheter des fraises que de se taper une heure d'automobile pour aller se faire dévorer par des maringouins affamés au beau milieu des fraisiers. Le temps était au gris, une matinée idéale pour traîner au lit, pour flâner devant la télévision ou pour écouter de la musique. Au lieu de cela, Asclé traînait les casseaux que sa mère remplissait lentement, trop lentement. Asclé se mit à regarder autour d'elle. Il y avait des fraisiers à perte de vue et au loin deux montagnes pointaient jusqu'au ciel. Asclé ne détestait pas la campagne, mais elle était une fille de ville. Une odeur de fumée la sortit de ses pensées. Elle plissa ses grands yeux verts et en chercha la provenance. Le propriétaire du lieu avait allumé un feu pour se débarrasser de ses vieilles branches. Sa mère la regarda et dit :

— Asclé, si tu m'aidais, nous finirions beaucoup plus vite !

Sa mère avait raison. Plus vite elles rempliraient les casseaux, plus vite elles seraient de retour en ville et plus vite elle appellerait Marianne et Étienne. Étienne et Marianne étaient ses meilleurs amis du secondaire, mais les liens s'étaient resserrés après leur voyage au Mexique. Depuis, ils ne se quittaient presque plus. Asclé déposa les casseaux par terre et attacha ses longs cheveux bruns. En se penchant pour ramasser ses premières fraises, son miroir magique maya, pendu à son cou, l'incommoda. Elle décida donc de l'enlever et de le mettre dans sa poche. Asclé avait retrouvé ce pendentif au Mexique lors d'un voyage qui s'était soldé par un enlèvement. Ou plutôt, comme l'avait expliqué Doña Paz, une vieille et sage Mexicaine, Asclé et le pendentif s'étaient retrouvés. Asclé ne vit pas la pierre obsidienne[2] se teinter de rouge, signe évident que quelqu'un, en ce moment même, lui voulait du mal. À l'instant où Asclé cueillit son premier fruit, elle sentit sa tête tourner et tourner.

Asclé se retrouva dans une clairière. Elle se regarda et vit qu'elle portait une étrange robe blanche en lin, brodée de motifs noirs en laine. Elle tenait dans ses mains un large panier en osier garni de fraises. Sa mère, souffrant d'une maladie du foie, était alitée. Elle avait demandé

---

[2] Roche volcanique très cassante.

à Asclé d'aller cueillir la fragaria vesca[3], excellent remède contre les troubles hépatiques. Asclé et sa mère habitaient dans la forêt. Sa mère lui avait enseigné tout ce qu'elle savait sur les plantes et leurs effets thérapeutiques. Asclé avait rapidement dépassé sa mère et trouvé d'autres remèdes d'une efficacité miraculeuse. Elle soignait beaucoup de femmes du village, elle avait même aidé à donner naissance à un enfant. La mère de cet enfant avait fait une crise lorsqu'elle avait vu qu'il n'avait qu'une jambe et avait refusé de prendre son fils. C'est Asclé qui avait lavé et bercé l'enfant, avant de convaincre la mère de l'allaiter. Asclé adorait soigner les gens. Il n'y avait rien de plus beau que le sourire de quelqu'un qui retrouvait la santé. Quand elles rentraient le soir dans leur maison, la mère et la fille avaient l'impression d'avoir fait le bien, d'avoir apporté un peu de bonheur dans la vie de pauvres paysans. Dans ces temps-là, la vie était très dure. Tous devaient travailler très fort pour n'avoir en retour qu'un peu de nourriture souvent de très mauvaise qualité. Asclé était perdue dans ses pensées lorsque soudain elle eut un mauvais pressentiment. Un serrement

---

[3] Fraise.

au cœur l'empêchait de respirer. Elle ne se sentait pas bien. Quelle en était donc la cause ?

En un instant, elle sentit que quelque chose n'allait pas. Les oiseaux avaient arrêté de chanter et s'étaient envolés, paniqués. Une odeur de fumée vint subitement lui piquer les narines. Du feu… quelque chose dans la forêt flambait. Asclé courut en direction de chez elle, échappant une grande partie de sa récolte de fraises. Arrivée à mi-chemin, elle s'arrêta. La fumée s'épaississait et des cris la terrorisèrent. Sa maison était en flammes. Les cris des hommes, mêlés aux hurlements de sa mère, résonnèrent à ses oreilles :

— À mort les sorcières ! Trouvons sa fille !

✦◆✦

— Asclé ! Asclé ! Est-ce que ça va ? criait sa mère.

— Non ! Non !

— Asclé ! Lève-toi ! C'est maman !

— Maman ?

Couchée sur le dos, Asclé était en sueur. Elle avait le visage barbouillé de suie. Son cœur bondissait encore dans sa poitrine. Elle s'assit lentement. Elle regarda autour d'elle. Des dizaines de fraises étaient éparpillées par terre. Elle jeta un coup d'œil à sa mère.

— Beau travail! dit sa mère, contrariée.

— Je vais tout ramasser, dit Asclé, timidement.

— D'où sors-tu ce panier en osier Asclé Laplante? Comment peux-tu être couverte de suie? J'espère que tu ne te drogues pas? dit sa mère avant de poursuivre sa cueillette.

— Mais non!

Heureusement que sa mère n'attendait jamais de réponse aux questions qu'elle posait. Elle finissait tout simplement par se répondre à elle-même.

Asclé passa sa manche de chemise sur son visage. Une trace noire salit le tissu. Elle fouilla dans sa poche à la recherche d'un mouchoir, mais mit la main sur son miroir magique. Elle le sortit et le regarda attentivement. Pas de doute, il était bien rouge. Et maintenant, en changeant de couleur, ce collier envoyait un message à Asclé ; une mission les attendait.

Asclé se leva, accrocha le miroir magique à son cou et se mit à ramasser nerveusement les fraises qui jonchaient le sol. Elle se demandait si le miroir magique de ses amis avait aussi changé de couleur. Elle le saurait bien assez vite.

2

LA SOIRÉE OUIJA

« *Les fantômes, quand minuit sonne,*
viennent armés de pied en cap ;
Biorn, qui malgré lui frissonne,
salue en haussant son hanap[4]. »
Théophile Gauthier, *Le souper des armures*

Marianne arriva la première à l'appartement d'Asclé. Elle était rayonnante comme d'habitude. Ses yeux bleus brillaient d'une lueur taquine et ses cheveux soyeux flottaient sur ses épaules. Elle tenait dans ses mains un sac fourre-tout brun avec des cercles turquoise. Asclé savait ce que contenait ce sac et elle avait prévenu Marianne de ne pas sortir le jeu devant sa mère. Marianne suivit donc Asclé jusqu'à sa chambre. En fait, ce n'était pas une vraie chambre, mais plutôt un large corridor menant au balcon. Asclé avait au moins convaincu sa mère de lui poser des rideaux pour avoir un peu d'intimité. Sa mère et elle n'avaient pas beaucoup de sous, mais sa mère débordait d'imagination. Arrivée dans la pièce, Asclé tira le vieux rideau de douche brodé de poissons

---

[4] Grand vase à boire médiéval en métal.

rouges que sa mère lui avait déniché et Marianne s'assit sur le sofa-lit.

— Beau rideau ! la taquina Marianne.

— Bienvenue dans mon aquarium, sourit Asclé.

Marianne venait comme elle d'une famille modeste. Elle travaillait dans un dépanneur pour combler les besoins de sa famille. Sa mère buvait et se plaignait depuis que son père qui les battait avait pris le large. Chaque soir, Marianne s'arrangeait pour sortir de la maison. Elle ne passait chez elle que pour se changer et prendre ses affaires. Aujourd'hui, elle avait fouillé dans sa garde-robe, attrapé un sac et elle était partie, enjouée, rejoindre Asclé chez elle. Étienne viendrait les rejoindre.

— J'ai hâte de commencer ! s'exclama Marianne.

— Moi, j'avoue que je suis un peu inquiète.

— Il n'y a rien à craindre. Ma tante a ce jeu depuis des années et elle se porte très bien, dit Marianne.

— Tu parles de ta tante Roseline, dont la maison a été incendiée trois fois ? Celle qui couche les lumières allumées ? Celle qui se promène une clochette autour du cou pour éloigner les démons ? s'inquiéta Asclé.

— Oui, mais il n'y a aucun lien… Enfin, je crois, dit Marianne.

— Étienne t'a dit à quelle heure il arriverait ? questionna Asclé.

— À minuit ! Non, mais il blaguait. Il travaille jusqu'à vingt heures trente. La piscine ferme à vingt heures. Le temps de ramasser ses affaires de sauveteur, ensuite il s'en vient directement ici.

— Il paraît aimer son nouvel emploi ? demanda Asclé.

— Tu veux rire ? Il l'adore, il est le nouveau dieu de la piscine. Il passe ses soirées à voir des filles en maillot de bain qui lui envoient la main.

— Je sens un peu de jalousie ? dit Asclé.

— Pas du tout !

— Parle-moi de vous deux. Vous avez rompu ? demanda Asclé.

— Oui, ça ne pouvait plus fonctionner. Tu sais comment il est. Il m'agace constamment, alors je le hais et je l'aime tout à la fois.

Marianne fut interrompue par la sonnette.

— Ce doit être lui, dit Asclé.

— Il n'est pas vingt heures.

— Il t'aura taquinée comme d'habitude, répliqua Asclé.

— Je le déteste, dit Marianne.

Asclé se dirigea vers la porte et l'ouvrit d'un coup sec pour faire peur à Étienne.

— Bouh ! Ha ! Ha !

Il n'y avait personne sur le palier. C'était tout à fait le genre d'Étienne d'avoir sonné et de s'être caché. Asclé sortit dehors et regarda autour. Il n'y avait pas beaucoup d'endroits où l'on pouvait se cacher. Elle rentra à l'intérieur pour refermer la porte, mais juste avant d'avoir eu le temps de la refermer, un courant d'air s'infiltra dans le couloir de l'appartement. Asclé sentit quelque chose de désagréable lui traverser le ventre. Elle se plia en deux en lâchant un petit cri. Marianne accourut.

— Ça va ? Que s'est-il passé ?

Asclé avait peine à reprendre son souffle.

— Je ne sais pas.

— Tu es toute pâle, s'inquiéta Marianne.

— Il n'y a personne à la porte.

Marianne sortit sur le palier pour vérifier. Asclé avait tout à fait raison, il n'y avait personne et aucun endroit pour se cacher. Un itinérant sur le trottoir leva la tête d'une poubelle et la regarda, intrigué. Elle retourna à l'intérieur.

— Explique-moi ce qui s'est passé, demanda Marianne.

— J'ai senti un courant d'air me traverser le corps.

— Bizarre !

— Mon miroir magique est encore rouge.

— Pas le mien, dit Marianne, qui avait réussi, elle aussi, à se créer un miroir magique maya à l'aide de ses bonnes actions.

— Asclé, la porte ! cria sa mère. Tout s'envole dans le salon, il y a de ces courants d'air !

Asclé et Marianne se regardèrent :

— Vite au salon ! cria Asclé.

Arrivées dans le salon, les filles restèrent bouche bée. Les papiers et les crayons à côté du téléphone tourbillonnaient dans les airs comme une petite tornade. Le tapis gris sur lequel la petite table de salon était posée faisait la vague. La lampe s'allumait et s'éteignait, donnant l'impression de faire des clins d'œil. Les coussins du divan tournaient sur eux-mêmes, suivant le rythme du poste de télévision.

— Je vais dans ma chambre. Je vais attraper froid, bougonna sa mère, qui ne voyait rien d'anormal à tout ça.

Soudain, Asclé se sentit partir dans son autre vie...

Les feuilles se levaient et tourbillonnaient autour d'elle. Il y avait tant de fumée et ces hommes qui la poursuivaient. Elle devait courir et ne pas tousser. Des branches lui fouettaient les bras et le visage, mais Asclé ne les sentait pas.

Un mois auparavant, sa mère et elle avaient déniché une cachette dans les bois. Une ancienne caverne qui avait dû servir à des ours. Sa mère lui avait déjà dit qu'elle serait en sécurité là-bas. Ce n'était pas la première fois que des hommes de l'Église essayaient d'emmener sa mère pour lui faire un procès, mais sa mère ne s'était jamais laissée attraper. Cette fois, ils l'avaient prise dans un moment de vulnérabilité et ne lui avaient pas fait de procès. Ils l'avaient brûlée vive à l'intérieur de sa maison. Asclé savait que le même sort l'attendait si elle ne réussissait pas à leur échapper. Car on avait le droit de tuer les filles des sorcières juste parce qu'elles étaient, pensait-on, les filles du diable. Heureusement, Asclé possédait la grâce d'une gazelle, elle avait donc un avantage sur les hommes qui la pourchassaient. Elle fit trois bonds de côté et trouva l'ouverture de la cachette. Rapidement, elle roula sur le côté au moment même où un des hommes l'avait repérée.

— Asclé! Asclé! criait Marianne. Tout va bien?

Asclé ouvrit les yeux. Les papiers à côté du téléphone étaient bien rangés.

— As-tu recommencé à avoir des visions? demanda Marianne.

— Ce ne sont pas des visions. Je retourne réellement dans cette vie, la preuve…

Asclé montra ses bras labourés de lignes rouges.

— Tu n'as pas vu ton visage, lui dit Marianne.

— Je ne le vois pas, mais ça chauffe. Ça va aller.

Heureusement qu'Asclé était en bonne santé et en très grande forme. Elle arbitrait au soccer pour gagner de l'argent et courait quatre kilomètres chaque jour.

La clochette de la porte se fit entendre. Marianne alla répondre. Elle hésita avant d'ouvrir.

— Bouh! fit Étienne, qui s'était caché sur le côté.

Le cœur de Marianne fit trois tours.

— Je vais te tuer !

Elle saisit Étienne par le collet et le tint au-dessus des escaliers. Étienne eut vraiment peur.

— Wô ! On se calme Princesse !

Étienne avait surnommé Marianne « Princesse » depuis leur voyage au Mexique, où il s'était aperçu qu'elle avait plus de cosmétiques dans sa valise que de vêtements. Il n'avait pu s'empêcher de continuer à l'appeler comme ça, ce qui faisait enrager Marianne au plus haut point.

— Tu te penses drôle comme d'habitude, s'exaspéra Marianne.

— Ta réaction n'est-elle pas un peu exagérée ?

— Peut-être, mais tu n'as aucune idée de ce qui s'est passé ici, il y a quelques minutes.

— Vous avez déjà commencé à jouer et les gros méchants esprits sont déjà arrivés…

— Tu es stupide !

— Merci ! dit Étienne en l'embrassant.

— Ne me touche pas !

Elle s'essuya la joue et retourna au salon avec Étienne sur les talons. Étienne était de plus en plus beau. Il avait ce teint bronzé, ce corps juste assez musclé et des yeux de mer qui faisaient fondre les filles. Et ces petits clins d'œil qu'il lançait ici et là ne laissaient aucune fille indifférente. Étienne le savait et il en profitait largement. Étienne s'arrêta devant Asclé. La relation qu'il entretenait avec elle se comparait plus à une relation frère et sœur.

— Wow! Que s'est-il passé? Quelqu'un t'a fait du mal?

Il s'agenouilla devant elle en lui prenant les mains.

— Ne restons pas au salon. Allons dans ma chambre, dit Asclé.

Étienne l'aida à se relever. Asclé prit les devants et attendit que ses amis fussent rentrés pour fermer le rideau et se jeter par terre.

— Assoyez-vous!

— Quelqu'un va me répondre? s'impatienta Étienne.

— Asclé retourne encore dans une autre vie, dit Marianne.

— Depuis quand? demanda Étienne.

— Ce matin, répondit Asclé. Et la pierre de mon pendentif s'est colorée de rouge.

— La mienne aussi, dit Étienne. Bizarre!

— Il n'y a que la pierre de Marianne qui est restée intacte, dit Asclé.

— Moi, tout le monde m'aime, dit Marianne, contrariée.

— Tu aurais voulu qu'on te veuille du mal ? demanda Asclé.

— Tu es jalouse, Princesse ?

— Idiot ! répondit Marianne.

— Ne commencez pas ! dit Asclé. Nous avons besoin d'être en harmonie si on veut démêler cette histoire.

— Parce que ce n'est pas fini. Asclé a aussi senti quelque chose la traverser tout à l'heure, ajouta Marianne.

— Bon, heureusement les filles, un homme est parmi vous et vous protégera, dit Étienne fièrement.

— Un homme ! Quel homme ? Vois-tu un homme toi, Asclé ? le nargua Marianne.

— Marianne, sort le jeu de ton sac, demanda Asclé.

Marianne prit son sac et en sortit une planchette de bois. Elle la déposa par terre au milieu d'eux. C'était la première fois qu'Asclé voyait une planche de jeu Ouija[5]. Elle en avait souvent entendu parler à l'école, mais jamais encore

---

[5] Jeu servant à appeler les esprits.

elle n'en avait vu. Le jeu comprenait une planche rectangulaire. Dans le coin supérieur droit, on pouvait lire le mot « oui » et dans le coin supérieur gauche, le mot « non », et entre les deux se trouvait le mot « OUIJA ». Ensuite, sur les lignes d'en dessous se trouvait l'alphabet. Plus bas, on pouvait lire les chiffres de zéro à neuf et en dernier lieu se trouvait le mot AU REVOIR. Il y avait une petite plaquette de bois en forme d'aiguille d'horloge. C'est là que les joueurs déposaient leurs doigts pour suivre l'aiguille qui se baladait d'une lettre à l'autre.

— C'est tout ! demanda Étienne. Et c'est supposé faire peur ?

— Non idiot !

— Les gros mots ne sont pas jolis lorsqu'ils sortent de ta bouche, Princesse.

Asclé alluma une chandelle. Elle avait lu que c'était mieux d'éclairer la pièce avant de jouer à ce jeu. En fait, elle avait lu que ce n'était pas vraiment un jeu et qu'il était déconseillé d'y jouer. Mais elle n'avait guère le choix, cette chose qui lui avait frappé dans le dos et sur la tête dans le champs de fraises et qui venait de lui traverser le ventre n'était pas de chair et d'os. Asclé avait l'intention d'entrer en contact avec cet esprit pour savoir ses intentions.

— Êtes-vous prêts ? demanda Asclé.

— Oui, dit Marianne.

— BOUiIIIIIII iiiiiIIIII ! fit Étienne.

Asclé ne releva pas la taquinerie d'Étienne.

— Déposons nos doigts sur la plaque. Je vais poser une question, dit Asclé.

— Est-ce qu'on ferme les yeux ? demanda Marianne.

— De toute façon, il est invisible, dit Étienne. Alors, que tu fermes les yeux ou non, tu ne le verras pas.

— Chut ! Concentrez-vous ! dit Asclé, qui prit une grande respiration. Esprit qui me suit, manifeste-toi !

Étienne ne put s'empêcher de sourire. Il n'y croyait vraiment pas, mais il aimait Asclé et il ne voulait pas lui faire de peine.

— Esprit qui est dans la maison, dis-nous qui tu es, redemanda Asclé.

— Tu crois qu'il viendra ? demanda Marianne, qui commençait à avoir peur.

— Il faut attendre, chuchota Asclé.

— J'ai mal aux doigts, feignit de se plaindre Étienne en imitant la voix de Marianne.

Marianne leva la main pour frapper Étienne et c'est alors que la plaquette commença à se déplacer. Ce ne pouvait pas être un tour d'Étienne puisque lui-même était intrigué. L'aiguille pointa le « J » et ensuite le « U » pour se diriger vers le « A » et aboutir dans un grincement vers le « N ». Les trois amis se regardèrent. Asclé parla la première :

— Eh bien, on sait comment il s'appelle maintenant.

— Juan ! Qu'est-ce que c'est que ce nom ? dit Étienne.

— C'est un nom espagnol qui veut dire Jean, en français, dit Asclé. Et ça se prononce « rouanne ».

— Bonjour Rouanne ! Pas chanceux d'avoir un nom qui sonne comme un nom de fille, dit Étienne en se moquant. C'est pour ça que tu es devenu un fantôme ?

Marianne supplia Étienne du regard.

— Ne t'inquiète pas Princesse, je suis là !

La plaquette bougea à nouveau pour écrire les mots :

« C'est ta faute Asclé ». Asclé regarda ses amis.

— Je n'ai aucune idée de ce qu'il veut dire.

— Demande-lui ! dit Marianne.

— Que veux-tu dire ? demanda Asclé à l'esprit qui se nommait Juan.

La plaquette se mit à bouger et les mots « Je me vengerai » apparurent. Des pas avancèrent dans le corridor et sa mère cria :

— Asclé ! Il est tard !

Venant de madame Laplante, ça voulait dire : « tes amis doivent partir ».

— Quelques minutes encore, maman !

Asclé eut peur que sa mère pousse le rideau de sa chambre.

— Bon ! Mais pas plus ! bâilla sa mère, qui retourna sur ses pas.

Les enfants soupirèrent de soulagement.

— Nous devons demander à Juan de partir, dit Marianne.

— Esprit ! Laisse-nous maintenant ! exigea Asclé.

« On se reverra ! Je t'attendrai en Espagne », écrit de nouveau l'esprit.

Marguerite Laplante, la sœur de sa mère, l'avait invitée à passer l'été en Espagne où elle-même demeurait depuis des années. Elle avait une école d'herboristerie[6] et une clinique où elle soignait des gens atteints de certaines maladies. Marguerite lui avait demandé si elle aimerait venir faire un stage avec elle. Asclé était enchantée par l'idée. Surtout qu'elle

---

[6] Commerce de plantes médicinales.

maîtrisait bien l'espagnol. Elle avait demandé à sa tante si ses amis pouvaient venir avec elle. Sa tante n'y voyait aucun inconvénient. Les trois amis se préparaient donc à partir dans quelques jours en Espagne. Mais maintenant, Asclé n'était plus certaine que cela l'enchantait. Elle souhaitait que l'esprit quitte la pièce et la laisse tranquille pour l'éternité.

— Va-t'en ! ordonna Asclé.

— Non ! répondit Juan.

— Dis-nous au revoir, dit Marianne.

— Non ! répéta Juan.

— Si tu ne fous pas le camp immédiatement, tu passeras un mauvais quart d'heure, dit Étienne à la blague.

D'un seul coup, la chandelle s'éteignit. Les trois amis virent apparaître une forme rouge qui se mit à rire méchamment. Asclé, Marianne et Étienne étaient terrorisés, rien ne sortait de leur bouche. L'esprit gazeux passa entre eux en faisant rouler un coup de tonnerre. Il leva la planche de jeu dans les airs et la fit rebondir sur le mur dans un vacarme terrible.

— Que me veux-tu ? demanda Asclé à Juan.

L'esprit se mit à tourner autour d'Asclé et, la fixant droit dans les yeux, répondit :

« Ta mort ! » Asclé se sentit partir dans sa vie antérieure.

« À mort fille de sorcière ! » criait l'homme qui l'avait repérée un instant plus tôt. Il avait maintenant perdu sa trace. La preuve que c'était une véritable sorcière elle aussi. « Elle est capable de se faire disparaître », pensa-t-il. Asclé tremblait de tous ses membres et elle retenait sa bouche pour éviter que l'homme n'entende le bruit que faisaient ses dents claquant ensemble. Il tournait autour de la cachette comme un fauve. Asclé était persuadée que l'homme ne la trouverait pas, à moins bien sûr qu'il décide de mettre le feu dans la forêt. L'homme qui se nommait Juan décida de la provoquer. Il ne la voyait pas, mais il savait qu'elle l'entendait. Alors, il dit :

« Ta mère est morte en hurlant ! Exactement comme un cochon qu'on égorge ! L'as-tu entendue Asclé ? Et pourtant le feu l'a léchée si doucement. C'est triste bien sûr, mais dis-toi qu'elle a évité la torture, ce qui ne saurait être ton cas. Toi aussi, tu dois avoir couché avec le démon. Tu nous donneras tous les détails, n'est-ce pas ? »

Asclé ferma les yeux. Comment les hommes pouvaient-ils être si cruels ? Juan attendit, mais

Asclé ne sortit pas de sa cachette. Le soleil allait bientôt se coucher. Il devait sortir de la forêt avant qu'il ne fasse nuit. Il maudit les sorcières et cracha par terre. Asclé reçut des gouttelettes de crachat, mais ne broncha pas. Elle entendit un autre homme appeler Juan.

— Juan, l'as-tu attrapée ?

— Non, mais elle ne perd rien pour attendre, dit Juan.

— Torquemada[7] sera à moitié content, pas vrai ?

— On reviendra demain. As-tu compris Asclé ? Dors bien ! Demain, ce sera autre chose.

La respiration d'Asclé ralentit. Elle serait en sécurité cette nuit. La forêt, même la nuit, ne lui faisait pas peur. Elle avait souvent dormi dans les sentiers sur du sapinage simplement pour communier avec la nature. Les animaux ne l'effrayaient pas. Les humains en revanche étaient tellement insondables ! La nuit, dans la forêt, elle avait l'impression que l'univers lui appartenait. Elle attendit deux bonnes heures avant de sortir de sa cachette. Elle décida de marcher pour réfléchir. Elle ne vit pas le piège que Juan avait posé sous les branchages.

---

[7] Inquisiteur espagnol.

— Asclé! Asclé! C'est nous! criait Marianne.

— Asclé! Il est parti, dit Étienne sérieusement.

Asclé ouvrit les yeux et reconnut sa chambre. Elle n'était plus dans les bois. Ses amis étaient à côté d'elle. Elle réussit à s'asseoir, fixant bêtement son rideau de douche. Tout ça lui avait donné mal à la tête.

— Que s'est-il passé? demanda Marianne.

— L'esprit! Juan! Je l'ai vu! dit Asclé, encore un peu sonnée.

— Pour le voir, on l'a tous vu, dit Étienne.

— Non! Je veux dire que je l'ai vu vivant, en chair et en os. Il me pourchassait. Il m'accusait d'être une sorcière comme ma mère.

— Sois polie avec ta mère, blagua Étienne.

— Je ne parle pas de ma mère dans cette vie-ci, répondit Asclé.

— Je sais, je te fais marcher!

— Comment vous êtes-vous débarrassés de son esprit, ici? demanda Asclé.

— Étienne et moi, on a pris nos miroirs magiques entre nos mains et on lui a envoyé de l'amour.

— Elle lui a envoyé de l'amour, grimaça Étienne. Les goûts de Marianne sont quelquefois étranges.

— À qui le dis-tu! dit Marianne, qui faisait allusion à leur relation qui n'avait pas duré. Penses-tu qu'il reviendra, Asclé?

— Oui, tu l'as entendu. Il souhaite ma mort! Il reviendra, c'est certain!

LE STAGE EN ESPAGNE

« *La nourriture d'abeille tourne en miel,
celle de l'araignée, en poison.* »
Proverbe espagnol

Le voyage en avion d'Asclé lui parut encore plus interminable que celui du Mexique. Étienne hérita encore une fois du sac de craquelins qu'elle lui troqua contre le sac de vomissures. Il prit la main d'Asclé pendant que l'avion entamait sa descente.

— J'espère que le stage en vaut la peine, souffla Asclé, verdâtre.

— Ta tante aura peut-être une potion magique pour tes malaises en avion ? dit Étienne.

— Ma tante n'est pas magicienne, elle est herboriste, répliqua Asclé.

— C'est quel genre ta tante ? Je veux dire ressemble-t-elle à ta mère ?

— Je n'en sais rien, je ne me rappelle pas l'avoir déjà rencontrée.

Les roues de l'avion touchèrent le sol, ébranlant dangereusement le cœur d'Asclé. Elle prit une grande respiration, puis l'avion s'immobilisa.

La clinique d'herboristerie de Marguerite, la tante d'Asclé, se trouvait à Séville, en Espagne. Asclé, qui collectionnait les revues de voyage, avait lu sur cette ville. Elle avait encerclé les endroits qui lui paraissaient intéressants à visiter. Aussi, quand elle arriva, elle eut une impression de déjà vu. La ville lui paraissait très familière; ses rues, ses ruelles, même les églises. Elle se sentait chez elle à Séville.

Marguerite Laplante ne ressemblait en rien à sa sœur, la mère d'Asclé, sinon qu'elle portait le même nom de famille. C'était une belle grande femme qui s'habillait comme une bohémienne[8]. Elle portait un foulard fait de fibres brillantes dans les cheveux et une grande jupe paysanne. Des jolies fleurs décoraient ses sandales et des milliers de bracelets se balançaient sur ses poignets.

Marguerite les attendait à l'aéroport avec une pancarte dans les mains.

« Bienvenue Asclé et cie ! » Asclé et ses amis n'eurent donc aucune difficulté à se retrouver. C'est Marguerite qui parla en premier :

---

[8] Femme vivant en communauté nomade en Europe, typiquement vêtue de jupes et chemises amples et parée de foulards, colliers, etc.

— Asclé! Mon Dieu! Que tu as grandi!

— Comment peux-tu me reconnaître, tu ne m'as jamais vue, tante Marguerite!

— Non, c'est vrai, mais ta mère m'a fait parvenir de nombreuses photos de quand tu avais deux ans. Tu portais encore des couches.

Asclé souhaitait de tout cœur mettre fin à cette conversation. Elle ne voyait vraiment pas où tout cela mènerait.

— Je te présente Étienne!

— Enchantée, Étienne! Beau garçon! Ça ne t'a jamais tenté de… de sortir avec lui? dit Marguerite dans l'oreille d'Asclé.

Asclé pensa que sa mère avait ses défauts, mais jamais elle n'aurait osé dire une chose pareille devant ses amis.

— Tante! Je te présente Marianne, ma meilleure amie!

— Merci madame de nous avoir invités. C'est très aimable à vous.

— Appelez-moi Marguerite. Ils sont très polis tes amis!

Étienne se pencha à l'oreille de Marianne et dit:

— Les princesses ne lèchent personne. Ce sont elles, habituellement, qui se font lécher!

Marianne lui flanqua un bon coup de coude dans les côtes.

— J'imagine que vous avez faim les enfants ?

— Oui, avoua Asclé.

— Alors, allons manger un petit quelque chose et ensuite je vous emmène visiter la clinique.

— Super tante Marguerite !

— Allons les enfants, je connais un *restaurante*[9] parfait ! Ils y font du ragoût de tripes, des sardines à la catalane et de succulents calmars. Ça vous tente, n'est-ce pas ?

— Oui, c'est super ! mentirent les trois amis.

— Eh bien, en route !

— L'idéal serait quand même de prendre nos bagages, dit Asclé.

— Mais oui, où avais-je la tête ?

— C'est par là, le vol 2096 de la compagnie Espagna, dit Étienne.

— Voilà mes valises ! cria Marianne.

En s'approchant, elle s'aperçut que ce n'étaient pas celles-là.

— Ce ne sont pas les miennes, dit Marianne, déprimée. J'ai mis des foulards roses pour pouvoir les reconnaître facilement.

---

[9] Restaurant.

— Il va te falloir trois paniers, Princesse !
dit Étienne.

— Tu sais ce que je pense, dit Marianne à
Étienne.

— J'en ai une petite idée ! dit Étienne.

— Tante Marguerite ! Il nous faudrait des
paniers.

— Mais qui donc a apporté tant de
bagages ?

Avant qu'Étienne ait pu dire un mot, Asclé
reprit :

— On est quand même ici pour deux mois
ma tante !

— C'est vrai ! J'oubliais que les jeunes tien-
nent tellement à leur image !

Asclé attrapa son sac sur le tapis roulant.
Ensuite, ce fut le tour d'Étienne, qui récupéra
l'équivalent d'un sac de hockey.

— Mais nous n'avions pas besoin de tant de
paniers ! dit Marguerite.

— C'est que nous attendons les bagages de
Marianne, dit Étienne.

Marianne lança un regard meurtrier à
Étienne, puis se retourna en se croisant les
bras.

— Ah ! Très bien ! dit Marguerite.

Après plusieurs tours du tapis des bagages, il fallut admettre que les bagages de Marianne n'avaient pas été transportés sur le bon vol.

— Il fallait bien que ça t'arrive, Princesse ! dit Étienne.

— Ne t'en fais pas Marianne, je partagerai avec toi, dit Asclé, compatissante.

Marianne était en pleurs. Asclé la serra contre elle ; elle n'était pas consolable. Marguerite la rassura :

— Nous aurons tes bagages au plus tard demain en fin de journée ! Ne t'en fais pas, ce n'est pas si grave !

— Je vais me calmer ! dit Marianne, qui hoquetait.

— Je te passerai un t-shirt pour dormir, dit Étienne, moqueur.

— Tu peux aller te faire fou… dit Marianne.

— Pas de problèmes ! Toute nue, tu seras plus sexy ! se moqua Étienne.

— Ça suffit, Étienne ! dit Asclé, fâchée. J'ai deux pyjamas ! Marianne, ça me fera plaisir de t'en prêter un ce soir. Allez ! Ce n'est rien !

Marianne fouilla dans ses poches. La seule chose qu'elle toucha fut un crayon de maquillage. « Comment vais-je survivre avec un seul crayon ? » pensa-t-elle.

— Les gars ne peuvent pas comprendre ! dit Asclé.

— C'est un homme des cavernes ! cria Marianne.

— Il ne faudrait pas exagérer, dit Étienne.

— Mais j'avoue qu'il manque de tact, rajouta Asclé.

Marguerite, qui avait assisté à la dispute, prit la parole :

— Les enfants ! Je vais aller faire la requête pour les bagages et ensuite, sans faute, nous allons grignoter !

— On t'attend, ma tante !

— D'accord !

Marguerite se dirigea vers les bureaux pour la récupération des bagages perdus.

— Une journée, Marianne ! Ce n'est rien ! Demain, tu auras tout ce qu'il te faut !

Marguerite revint, le sourire aux lèvres.

— Ils viendront eux-mêmes les déposer au château !

— Au château ? Quel château ? interrogea Marianne.

— Mais oui, Asclé ne vous l'a pas dit ? Vous habiterez le château du comte de Mendoza !

— Je ne le savais pas ma tante !

— Comment, tu ne le savais pas ? Ah, oui ! Je ne te l'ai pas dit au téléphone. C'est qu'à ce moment-là, je ne le savais pas. C'est vrai, j'ai un ami qui m'a prêté les clés du château pour pouvoir vous loger. Vous serez tous les trois seuls dans un château ! N'est-ce pas merveilleux ? Chez moi, vous auriez tellement été à l'étroit !

— Ça ne nous aurait tellement pas dérangés ! dit Asclé, inquiète.

Asclé repensa à Juan. Sûr, il reviendrait la hanter, et dans un château en plus. Ce serait digne des grands films de peur. Asclé chassa cette idée. Elle ne voulait pas gâcher sa journée. Il y aurait bien assez de la nuit !

— Allons manger ! Nous allons reparler de tout cela ! dit Marguerite.

Marguerite les conduisit jusqu'à sa voiture et les emmena jusqu'au restaurant *Las puertas*[10].

— Alors mes amours ! Vous me faites l'honneur de manger tout ce qui vous fait plaisir et c'est moi qui paye !

---

[10] Les portes.

— Merci tante Marguerite ! Marguerite, je veux dire.

— Je mangerais un taureau, tellement j'ai faim, dit Étienne.

— Je te commande du taureau ? Cela s'appelle des *criadillas*[11] ! dit Marguerite.

— Cool ! dit Étienne.

— Je ne sais pas quoi prendre, dit Asclé.

— Je te conseille des tapas ou de la paella, dit Marguerite. Ce sont des spécialités du restaurant.

— Va pour la paella ! dit Asclé.

— Et toi Marianne ?

— Qu'est-ce que les tapas ? demanda-t-elle.

— Ici ce sont des tapas aux fèves blanches, dit Marguerite. Très bon plat !

— Va pour les tapas, dit Marianne.

Les trois amis se régalèrent. Étienne dit :

— C'est surprenant ! C'est meilleur que du bœuf !

— Tu n'avais jamais mangé de testicules de taureau auparavant ? demanda Marguerite.

— Pardon ? dit Étienne, qui manqua de s'étouffer.

— Tu viens de manger des testicules de taureau. C'est une spécialité du restaurant.

---

[11] Testicules de taureau.

— Excusez-moi ! Il faut que j'aille à la salle de bain ! dit Étienne en se précipitant vers l'arrière du restaurant.

— Il y a quelque chose qui ne va pas ? demanda Marguerite à Asclé.

— Non ! Il s'en remettra, c'est un homme maintenant ! dit Marianne, moqueuse.

— Eh bien ! Payons l'addition et en route pour la clinique !

— Merci pour ce repas, dit Asclé.

— Tout le plaisir est pour moi, ma belle Asclé.

Étienne ressortit de la salle de bain le visage blême et les yeux mouillés.

— Dis-toi qu'elles étaient cuites, homme des cavernes ! se moqua Marianne.

Étienne ne releva pas la moquerie. Il n'osait plus ouvrir la bouche de peur que tout ressorte.

— Nous sommes partis ! dit Marguerite.

✦◆✦

La clinique de tante Marguerite se trouvait dans une petite ruelle, la calle El fuego[12]. Les murs extérieurs étaient peints de jaune et de rouge. Il y avait de longues fenêtres et de jolis rideaux de dentelle. La porte était en bois

---

[12] Le feu.

massif. Marguerite sortit ses clés. C'étaient de grosses et anciennes clés fabriquées en fer forgé. Quand Marguerite passa la porte, un petit tintement se fit entendre.

— Coucou! C'est moi!

Asclé s'attendait à voir apparaître quelqu'un, mais personne ne vint à leur rencontre.

— Qui appelais-tu, Marguerite? demanda Asclé.

— Personne, mes chéris! Personne!

Les trois compagnons se regardèrent, un peu inquiets.

— Suivez-moi! Je vais vous faire visiter la clinique.

L'entrée servait de salle d'attente. Sept chaises étaient disposées en demi-cercle. Au milieu, il y avait une table ronde sur laquelle étaient déposés trois chandelles et de l'encens. La pièce suivante était séparée par un simple rideau. «Au moins, ce n'est pas un rideau de douche», pensa Asclé.

— Ici, c'est mon bureau!

— C'est immense! s'écria Asclé.

Contrairement à la salle d'attente, la pièce qui servait de bureau à Marguerite était très grande. Deux immenses fenêtres laissaient pénétrer la lumière. Il y avait un bureau en acajou et une table d'examen. Le mur en entier servait de pharmacie vitrée. Chaque pot portait une étiquette décrivant la partie de la plante qu'il contenait. Marguerite avait expliqué à Asclé que chaque partie de la plante avait un effet différent sur le corps humain. Les feuilles n'offraient pas le même effet que la tige ou encore la racine. On pouvait soigner bon nombre de maux avec une seule et même plante.

— C'est ici que je reçois mes clients.

— C'est impressionnant! dit Marianne.

— Mais ce n'est pas tout, il y a la cour, dit Marguerite.

Une longue serre s'étendait sur la moitié de la cour. Ils entrèrent tous à l'intérieur.

— Ça sent la forêt tropicale, fit remarquer Étienne.

— Je maintiens un haut taux d'humidité. Je fais pousser des plantes très rares qu'on ne trouve que dans les forêts de l'Équateur.

— Et tu t'occupes de tout cela toute seule? demanda Asclé.

— Oui, mais maintenant que je vous ai, je vais en profiter.

— Quand commence-t-on ? dit Étienne, emballé.

— Demain, si vous le voulez !

— Génial !

— Je vous emmène dans mon appartement en haut. Venez !

Ils entrèrent tous ensemble dans la maison et empruntèrent un escalier de ciment qui menait au deuxième étage. L'appartement de Marguerite était joliment décoré. Il y avait des plantes partout, sur les rebords des fenêtres, sur les tables et même sur les comptoirs.

— Ton appartement est une vraie forêt équatoriale ! s'écria Asclé.

En disant ces mots, Asclé se retrouva projetée dans son autre vie.

Le pied d'Asclé s'entortilla dans le piège. Asclé fut projetée dans les airs, tête en bas. Elle était prise tel un gibier. Elle essaya de se lever et de s'agripper à la corde, mais elle était à bout de forces. Elle réussit à se balancer jusqu'au tronc, qu'elle tint du mieux qu'elle put. La nuit était maintenant tombée. Demain, Juan et ses hommes reviendraient et ils n'auraient plus qu'à la cueillir comme un lapin. Asclé ne se résignait pas à mourir. Le sang s'accumulait dans sa tête et ses idées commençaient lentement à s'embrouiller. Une seule personne pouvait la sauver, mais était-elle dans les bois en ce moment ? Elle mit ses mains près de sa bouche et tenta de faire son cri d'appel. « Comment pourrait-elle entendre ce faible cri ? » pensa-t-elle. Elle se força à le refaire. Soudain, le cri d'une chouette lui répondit. Il était là ! Elle se remit à faire son cri, afin de le guider vers elle. Des bruits de sabots s'approchèrent et le cri se fit plus distinct.

— Par ici, Félipe ! cria Asclé.

— Wô ! Tout doux, Mio.

Asclé entendit Félipe sauter de son cheval et s'approcher.

— Asclé ! Asclé ! Où es-tu ?

— Ici !

— Ah, Dios mio[13] ! Qui t'a fait une chose pareille ? Je te détache. Tiens-toi sur mes épaules. Je vais couper la corde.

Félipe détacha Asclé, qui bascula par terre. Il enleva son manteau et recouvrit Asclé. Il desserra sa gourde de son pantalon et fit couler de l'eau dans la bouche d'Asclé.

— Belle Asclé, que s'est-il passé ?

Asclé se mit à sangloter sur l'épaule de Félipe.

---

[13] Mon Dieu.

Il attendit patiemment que le chagrin d'Asclé soit étanché.

— Ma mère ! Ils ont brûlé ma mère ! Ils me cherchent maintenant, ils reviendront pour m'attraper.

— Je ne les laisserai pas te prendre.

— Ils sont bien trop nombreux. Ils te prendront avec moi. Et toi aussi, ils t'accuseront de sorcellerie. Tu dois partir maintenant et me laisser. Sauve-toi avant qu'il ne soit trop tard !

— Tu connais mieux la forêt que moi. Dis-moi où je peux te conduire ! suggéra Félipe.

— Félipe, je n'ai pas la force !

— Je te porterai, Belle.

— Près des cascades, il y a une ouverture sous les racines d'un vieux chêne, dit faiblement Asclé.

— Alors, ne perdons pas de temps ! Allons-y !

Félipe alla chercher Mio, son cheval, et monta Asclé avec lui. Asclé avait rencontré Félipe dans cette forêt, il y avait de cela cinq ans. Il était mal en point et c'est Asclé qui l'avait conduit à sa maison pour que sa mère le soigne. Félipe avait été apprenti forgeron dans un village assez éloigné. Après avoir subi de nombreux sévices[14] corporels, il s'était enfui avec Mio, dans la forêt. Il avait appris à survivre en forêt, et les bois étaient devenus sa maison. Asclé et lui étaient devenus très proches. Félipe parcourait de longues distances, mais quand il revenait dans le coin, il ne manquait jamais de venir prendre des nouvelles d'Asclé.

— On arrive, Belle !

Asclé planta ses yeux verts dans les yeux bruns de Félipe. Elle l'avait toujours trouvé très beau, mais elle ne le lui avait jamais dit. Elle regarda son visage. Félipe avait beaucoup changé. Le petit garçon qu'elle avait ramené à la maison cinq ans auparavant s'était transformé en un bel homme fort et courageux. Asclé se laissa aller dans ses bras quand il la descendit du cheval. Elle passa ses deux bras autour de ses épaules et s'abandonna totalement à son ami. Il lui déposa un baiser sur le front.

— Courage, Belle ! Je suis là !

— Je sais, murmura Asclé.

Félipe trouva la cachette et s'y inséra facilement. Il ressortit à l'extérieur pour y couper des branches de sapinage. Il installa Asclé sur le lit improvisé et lui passa les mains dans les cheveux.

---

[14] Tortures.

— Je ne pourrai pas rester. Mon cheval ne rentre pas dans l'abri et ils nous trouveraient. Je te laisse un bout de pain et ma gourde d'eau. Je reviendrai te voir demain. Sois courageuse !

— Ne reviens pas !

Asclé attrapa fortement Félipe par le collet de sa chemise.

— Tu m'entends ! Ne reviens pas ! Il ne me reste que toi ! S'ils t'attrapent et te font périr, je mourrai de chagrin avant d'être brûlée vive.

— Ne dis pas de sottises !

Félipe posa un doigt sur la bouche d'Asclé. Il lui caressa gentiment le visage et fixa Asclé dans les yeux.

— Je pars et je veux te retrouver ici demain ! Est-ce compris ?

Asclé attrapa Félipe par le cou et le colla sur elle. Elle lui passa la main dans les cheveux. Ensuite, elle le repoussa doucement.

— Va ! Le soleil se lèvera dans quelques heures !

Il la serra très fort avant de partir et lui souffla un baiser. Après le départ de Félipe, Asclé s'assoupit quelques instants. Elle fit des cauchemars toute la nuit. Dans son rêve, on l'avait attrapée et on avait mis le feu à son abri en

prenant soin de refermer la sortie. Elle étouffait.
La fumée lui piquait la gorge, elle ne tiendrait plus
bien longtemps.

Au petit matin, des cris terribles la réveil-
lèrent !

Quand Asclé revint à elle, elle était éten-
due dans le lit de Marguerite.

— Tu m'as fait toute une peur ! dit
Marguerite, qui éventait Asclé avec un bouquin.
Vous ne trouvez pas que ça sent le sapinage
brûlé ici ?

— Non ! mentirent-ils.

— Il ne faut pas t'en faire, ma tante ! Ce
n'est rien ! dit Asclé.

Asclé regarda ses amis pour être bien
certaine qu'ils n'avaient rien dit qui compro-
mettrait leur stage.

— Ça t'arrive souvent ? demanda
Marguerite.

— La fatigue, dit Étienne. Quand elle est
fatiguée, eh bien, oups ! Elle part !

— Oups ! Elle part ? Et elle va où exactement? demanda Marguerite, qui ne riait pas.

— Elle va... elle ne va pas très loin ! En fait,
elle ne va nulle part. Elle s'effondre et ça passe,

dit Marianne, dont les explications ne faisaient qu'empirer les choses.

— Je vais bien, c'est ce qui compte, non ? dit Asclé.

— Bon ! Si vous le dites ! Je vous prépare du jus d'orange frais. Étienne, irais-tu me cueillir quelques oranges dans la serre ?

— Bien sûr !

— Asclé, te sens-tu assez bien pour venir t'asseoir ?

— Pas de problèmes !

— Ça va ? demanda Marianne en cachette.

— Oui, je t'en reparlerai ce soir... au château.

Asclé pointa discrètement son miroir magique. Marianne comprit et se dirigea vers la table. Étienne revint les mains chargées d'oranges.

— Ça va être délicieux ! dit Marguerite tout en sortant sa centrifugeuse. J'espère que vous vous sentez d'attaque, car demain sera une grosse journée !

— Le mardi est une grosse journée ? demanda Asclé.

— Tous les jours sont pareils, dit sa tante. Ce sont toutes des grosses journées.

Étienne, qui avait remarqué qu'il n'y avait que sept chaises dans la salle d'attente, parut sceptique.

— Un petit conseil, dit Marguerite. Couchez-vous tôt!

— Avez-vous des documents à nous faire lire? questionna Marianne.

— Oui, bien sûr! Je vous ai préparé chacun un petit cahier dans lequel se trouvent des trucs, mais surtout les tâches que vous devrez effectuer.

Les trois amis eurent droit à des volumes de la taille du dictionnaire.

— Petit cahier? dit Étienne, découragé.

— Vous n'avez pas à lire tout ça pour demain.

— Fiou!

— Rendez-vous à la page cent trois et vous devriez être tous prêts pour demain.

Asclé parut si déconfite que Marguerite partit à rire à gorge déployée.

— C'est une blague! Moi aussi, j'aime bien faire des blagues.

— Ah! Ah! Qu'elle est drôle ta tante, dit Étienne, en faisant un bizarre de rictus[15].

---

[15] Sourire forcé et grimaçant.

— Je suis certaine maintenant que vous aimeriez aller vous reposer, alors je vous emmène chez vous, au château.

— Ce n'était vraiment pas nécessaire de nous loger dans un château, on aurait très bien pu dormir dans la serre, dit Étienne.

— Vraiment ?

— Vraiment ! dirent les trois amis.

— Allons voyons ! Dites-moi qui a la chance à votre âge d'habiter un château abandonné ?

— ABANDONNÉ !!! s'exclamèrent en chœur les adolescents.

— Mais il est très bien entretenu, c'est simplement qu'il ne s'est jamais vendu. Pourtant, le prix était très raisonnable et les meubles étaient fournis. Vous vous imaginez ?

— Fantastique ! De mieux en mieux ! mentit Asclé.

— J'imagine que les fantômes sont inclus aussi ! dit à voix basse Marianne.

— Bouhhhhhhhh ! murmura Étienne, moqueur. Je coucherai avec toi.

— Je préfère encore les esprits !

— Je disais ça pour toi, Princesse ! Une princesse dans un château, ça ne pourrait pas mieux tomber.

Marguerite se retira quelques instants pour aller se changer. Asclé en profita pour parler à Étienne.

— Tu es dans mon autre vie Étienne.

— Et comment ça se passe ? Suis-je aussi beau ? se vanta Étienne.

— Tu es en danger, comme moi !

— Tu n'as pas répondu à ma question..., insista Étienne.

Asclé rougit un peu. Le lien qui les unissait dans l'autre vie paraissait beaucoup plus intime qu'à présent.

— C'est toi qui ne comprends pas ! dit Asclé, qui voulut ramener la conversation.

— Tu souris, dit-il en lui passant une main dans le dos.

Asclé décida de ne pas poursuivre sur ce chemin qui s'avérait de plus en plus glissant. Elle se retira dans la salle de bain. Félipe et Étienne se mêlèrent dans son esprit. Elle avait ressenti des papillons dans son ventre en montant derrière Félipe et quand elle avait vu Étienne en se réveillant, elle avait ressenti encore ce doux chatouillis. Étrange sensation ! Mais Étienne était un ami, il ne fallait pas mélanger les sentiments.

Marguerite avait une petite voiture euro-péenne, juste assez grande pour quatre personnes. Ils s'empilèrent donc dans le véhi-cule et se dirigèrent vers ce fameux château.

TORQUEMADA

« Satan fut son conseil, l'enfer son espérance. »
Agrippa D'Aubigné, *Les tragiques*

En ce mois de mai 1483, le moine domini-
cain Thomàs de Torquemada était en train de
prier quand Juan de Cortès entra dans la chapelle.
Des lampions étaient allumés tout autour de
lui. Juan ne savait pas s'il devait déranger le
Père Torquemada. Heureusement pour lui,
Torquemada se tourna vers lui et lui fit signe
d'approcher. Juan se mit à genoux sur le prie-dieu
et soupira peu discrètement.

— Mon père, nous n'avons pu ramener
Cannela, la sorcière de la forêt, pour la traîner
devant l'Inquisition[16].

— Mon fils, je vous écoute.

— Quand nous sommes arrivés, elle était
sur son lit. Elle était d'une couleur jaunâtre
épouvantable. Nous avons eu peur qu'elle soit
contagieuse. Vous savez comment le Diable
trouve toutes sortes d'astuces pour nous ensor-
celer ? Alors j'ai cru bon de donner l'ordre de
faire incendier sa maison. Elle est morte en

---

[16] Tribunal de l'Église catholique

hurlant, la preuve que c'était une femme du diable.

— C'est bien, mon fils ! C'est ce qu'il fallait faire. Mais dites-moi, qu'est-il arrivé à sa fille ?

— C'est là que l'histoire se complique… Je… euh ! Elle nous a échappé. Mais j'ai placé un piège dans la forêt et demain je n'aurai qu'à la cueillir !

— J'espère pour vous que vous dites vrai ! Je serais triste, mon ami, qu'on puisse croire que vous complotez avec les enfants du démon. Vous savez, malgré mon pouvoir, je ne suis pas certain que je pourrais vous sauver. J'espère que je me fais bien comprendre.

— Sans problème !

Juan comprit très bien le message. S'il ne retrouvait pas cette fille, il serait accusé de complot et serait mis au bûcher. Depuis que Torquemada s'occupait de traquer les sorcières, il y avait eu trois mille personnes traînées devant l'Inquisition et brûlées vives. Ce nombre grandissait de jour en jour, à la grande satisfaction de Torquemada. Il n'y avait aucun doute qu'il mettrait sa menace à exécution si Juan échouait. Torquemada se leva en faisant son signe de croix. Juan l'imita et sortit de l'église.

Torquemada avait pris rendez-vous avec la reine Isabelle de Castille. Il se dirigea donc à pied vers le château.

Il fut très bien reçu par la reine, dont il était le confesseur particulier depuis son enfance.

— Mon Père ! Que me vaut l'honneur de votre visite ?

— Ma reine, si j'ai pris rendez-vous, c'est pour discuter avec vous d'étendre l'Inquisition à d'autres territoires. Dieu commence à avoir le dessus sur les hérétiques, mais beaucoup se sauvent au nord. Permettez-moi d'agrandir le territoire de Dieu.

— Je n'y vois aucun inconvénient. Où voudriez-vous vous installer ?

— Quelque part en Andalousie, à Séville par exemple !

— Je pourrais vous donner les clés d'un château.

— Et de quel château s'agit-il ?

— Vous connaissez le comte de Mendoza, c'est un fervent catholique. Je suis certaine qu'il se fera un plaisir de vous laisser son château. Il a plusieurs autres résidences et je crois qu'il ne l'habite plus.

— Ce serait parfait ! Nous disposerions d'assez de salles. Il nous faut une salle pour le procès. Une salle ou deux pour les aveux. Une pièce aussi pour les prisonniers. Sans compter les pièces pour loger les geôliers et les bourreaux.

— J'écris sur-le-champ une missive au comte de Mendoza.

— Dieu vous bénisse, ma reine ! Vous faites honneur au sexe faible.

La reine Isabelle se mit à genoux devant Torquemada et baisa ses doigts.

— Auriez-vous des choses à confesser, ma reine ?

— Si vous avez le temps, mon Père.

— Je prends toujours le temps de travailler pour Dieu.

Ensemble, ils se dirigèrent vers le confessionnal.

LE CHÂTEAU DE MENDOZA

« *Mieux vaut habiter une maison en L*
qu'un château hanté. »
Marc Escayrol

La route pour se rendre au château de Mendoza traversait de nombreux champs parsemés d'arbustes. Le ciel était au gris. Le temps était lugubre ; cela n'annonçait rien de bon. Le voyage s'avéra court jusqu'au sinistre lieu. Marguerite arrêta l'automobile devant une grille de fer forgé, rongée par les années et lourdement cadenassée. La clôture entourait un boisé touffu. De la route, on ne voyait pas du tout le château.

— Ce ne sera pas très long, les enfants. Je déverrouille les chaînes et nous y voilà !

— Très rassurant ! dit Marianne.

— Est-ce que ta tante et ta mère sont du même père ? demanda Étienne, un sourire espiègle à la bouche.

Asclé fit signe à Étienne et Marianne de regarder leur miroir magique, qui avait changé de couleur.

— Je me doutais bien que nous serions en danger, dit Asclé.

Étienne commença à se ronger les ongles. Marianne lui enleva les mains de la bouche.

— Qu'est-ce que tu veux qu'on fasse? demanda Marianne, inquiète. Au moins, le miroir nous indique que l'on peut transformer ce mal en bien.

— Ne vous inquiétez pas, je parlerai à notre vieil ami Juan et je lui dirai que l'on travaille demain et qu'on n'a pas le temps de s'amuser avec lui, se moqua Étienne.

Marguerite, souriante, ouvrit la portière et dit :

— N'est-ce pas que vous allez vous amuser?

— Oui, tante Marguerite! On n'aura jamais eu autant de plaisir.

— Alors, on y va! Venez!

— Tante Marguerite! Pourquoi n'ouvres-tu pas la clôture? demanda Asclé.

— Les clés ne fonctionnent pas! J'irai demain voir mon ami pour qu'il me remette ses anciennes clés.

— Alors on rentre chez toi? dit Asclé, heureuse.

— Mais non ! Ne t'inquiète pas ! Je connais un passage qui mène directement au château. Prenez vos bagages dans ma valise et suivez-moi !

— Un passage ? demanda Marianne.

— Vous savez, il y a très longtemps, les servantes et le reste du personnel qui travaillait au château n'entraient pas par les mêmes portes que les propriétaires. On leur faisait des appartements dans le grenier et des couloirs leur étaient réservés de la cave au grenier. Vous allez voir, c'est un véritable labyrinthe à l'intérieur ! Asclé, peux-tu me passer ma lampe de poche, s'il te plaît ?

Asclé prit son sac ainsi que la lampe de poche et suivit Marguerite d'un air résigné. Le terrain était immense. Une vingtaine de corneilles perchées sur un pin les regardèrent passer. Elles se mirent toutes à croasser en même temps quand Marguerite délogea les herbes qui cachaient l'entrée. Était-ce de mauvais augure ? se demanda Asclé.

— Qu'en dites-vous les enfants ?

Un frisson de peur parcourut les trois amis.

— On dirait l'entrée des catacombes, dit Asclé.

Deux lourdes portes en bois étaient déposées à la diagonale sur une base de ciment. Une chaîne entourait les poignées. Des graffitis à la peinture rouge avaient été peints sur le dessus, le mot *sangre*[17] dégoulinant. Marguerite enfonça la clé dans la serrure du cadenas, qui s'ouvrit.

— Ah, voilà ! dit Marguerite. Ces clés ouvrent cette porte-ci.

— Très accueillant, dit Étienne.

Marianne s'accrocha instinctivement à Étienne, qui faillit perdre ses pantalons. Étienne remonta son vêtement et lui donna la main.

— Princesse ! Voici votre château ! se moqua-t-il.

Les portes grincèrent en s'ouvrant sur un escalier qui s'enfonçait droit dans la terre. Un mélange d'odeurs de moisi et d'humidité agressa les trois jeunes, mais ce putride parfum ne parut nullement déranger Marguerite.

— C'est excitant les enfants ! On dirait que nous sommes dans un film d'horreur !

Étienne retint Asclé par le bras pendant que Marguerite s'enfonçait dans les entrailles de la terre.

---

[17] Sang.

— Ta tante devrait peut-être prendre des médicaments !

— Je crois qu'elle en prend déjà ! répliqua Asclé.

— Alors qu'elle les arrête immédiatement ! Cette prescription ne lui convient pas du tout.

— Hou ! Hou ! Où êtes-vous les enfants ? Venez, qu'attendez-vous ?

— On arrive tante Marguerite !

Marianne retenait si fort Étienne qu'il avait de la difficulté à avancer.

— Princesse ! Si tu continues à tirer sur moi, nous allons passer la nuit dans ce tunnel tous les deux en amoureux.

— Tu m'énerves !

— Je te ferai remarquer que c'est toi qui me tiens.

— Oui, mais dès que je te lâche, gare à toi !

— Hou ! J'ai peur !

— Je ne veux pas aller dormir dans ce château. Je regrette déjà ce voyage, dit Marianne.

Le passage devait avoir au moins un kilomètre de long. Comme l'avait prédit Marguerite, il débouchait dans la cave du château. Ils arrivèrent dans une grande salle aux murs de pierre où s'entassaient des barils de bois qui devaient, à l'époque, servir à conserver le vin et la nourriture. Au mur, il y avait de gros crochets qui servaient à suspendre les viandes que l'on avait salées. Asclé et ses amis firent le tour des lieux. Un peu partout, il y avait des portes qui menaient dans toutes les directions.

— Ne vous aventurez pas dans la cave seuls, vous pourriez vous perdre. Il y eut un temps, à l'époque de l'Inquisition, où on enfermait les condamnés dans ces pièces. Il y a de nombreux corridors, mais il n'y a qu'une seule sortie. Vous pourriez tourner en rond pendant des jours sans qu'on vous retrouve.

— C'est vraiment charmant ! dit Asclé.

— Maintenant, montons voir vos appartements !

Marguerite poussa une vieille porte couverte de toiles d'araignée qui menait dans un autre petit corridor sombre. Au bout, un escalier en colimaçon montait au premier étage. « Il n'y a franchement rien de rassurant à tout cela ! » pensa Asclé. Asclé sentit quelque chose de froid dans son dos. Elle se retourna, mais ne vit personne. Elle ravala sa salive et emboîta le pas à ses amis.

L'escalier menait tout droit aux cuisines. Il y avait de longs comptoirs, des chaudrons poussiéreux sur les fours et de longs couteaux accrochés au mur.

— La cuisine est totalement fonctionnelle, dit Marguerite avec excitation.

Marianne n'arrivait pas à quitter des yeux les longs couteaux. Marguerite le remarqua et donna une explication.

— À l'époque, on dépeçait les animaux en entier dans les cuisines, ce qui explique la longueur des couteaux. J'avoue que, pour couper une pomme, ça ne doit pas être pratique.

— Mais pour couper quelqu'un... rajouta Étienne à l'intention de Marianne.

— Je te hais ! dit Marianne à son oreille.

Marguerite se dirigea vers les tiroirs.

— Ici, vous trouverez des ustensiles plus pratiques, disons ! Continuons la visite.

En sortant de la cuisine, une splendide salle à manger les accueillit. Les murs étaient décorés de tapisseries de l'époque. Au milieu de la pièce, il y avait une grande table de bois rectangulaire qui pouvait facilement asseoir une vingtaine de personnes. De grosses chaises en tissu de velours rouge la ceinturaient. Un chandelier à poulie était suspendu au-dessus de la table.

Un buffet rempli de vaisselle datant sûrement d'un siècle complétait la pièce. De l'autre côté de la porte, il y avait le hall d'entrée. Une fresque y était peinte au plafond. Le tableau représentait un bûcher sur lequel une femme hurlait de douleur. À ses pieds se tenait un bourreau, une torche à la main. Un moine priait à côté de la reine. Et la foule s'excitait à la vue de ce spectacle. Dans le ciel, il y avait des anges qui attendaient avec des clés dans les mains. En regardant le plafond, Asclé se sentit partir de nouveau.

Asclé s'assit d'un bond sur son lit de sapinage. Il n'y avait pas de feu, mais des hommes ratissaient la forêt en hurlant une chanson.

Fille de sorcière, on te trouvera!

Avec des chaînes, on te traînera!

Avec des pinces, tu avoueras!

Sur le bûcher, on te brûlera!

Des griffes de Satan, on t'enlèvera!

Le cœur d'Asclé battait à tout rompre. Elle déposa devant l'entrée des branches de sapin, afin de cacher complètement l'ouverture. Elle préférait mourir asphyxiée plutôt que mourir entre les mains de ces fous. Elle avait soif, mais elle n'arrivait pas à boire tellement sa gorge était serrée. Elle se boucha les oreilles et attendit que les hommes s'éloignent. Elle devait quitter sa cachette, car ils reviendraient et finiraient par la trouver. En plus, la vie de Félipe était en danger à cause d'elle. Les fous de l'Église n'hésiteraient pas à le torturer et elle savait que malgré tous les supplices qu'ils lui feraient subir, Félipe n'avouerait rien et finirait par mourir. Elle devait s'échapper, mais comment faire pour ne pas être retracée ? Elle eut soudain une idée. En marchant dans le cours d'eau, elle ne laisserait aucune trace. Cependant, elle serait à la vue, donc très vulnérable, à moins que...

Elle sortit prudemment de son trou et reboucha l'entrée de sa cachette. Elle alla chercher une quenouille. Elle vida l'intérieur et s'en fit un tuba qu'elle pouvait insérer dans sa bouche pour respirer sous l'eau. Avant de partir, elle décida de cueillir quelques fleurs qu'elle déposa dans sa cachette pour Félipe. Peut-être se reverraient-ils un jour dans un autre lieu ? Ou dans une autre vie ?

Elle tressa ses cheveux durement et les atta-cha solidement. Asclé leva sa jupe et plongea dans la rivière. L'eau était froide et le courant était fort. Elle se laissa aller, le morceau de quenouille entre les dents.

Le soir venu, Félipe entra dans la cachette et trouva les fleurs. Il prit le bouquet et le serra contre lui. Au fond de lui, il savait qu'Asclé se sauverait. Il fallait maintenant qu'il la retrouve pour la protéger. Depuis le premier jour qu'il l'avait rencontrée, il s'était juré qu'Asclé devien-drait sa Belle. Il ne lui avait jamais avoué son amour pour elle. Asclé secondait sa mère pour guérir les femmes des villages voisins. On accu-sait les femmes de sorcellerie parce qu'elles se soignaient entre elles, mais voilà, si les femmes se soignaient entre elles, c'était que les méde-cins refusaient de les voir et de les soigner. « Elles ne valent pas la peine ! » disaient-ils. Les médecins qui se croyaient supérieurs étaient les premiers à les accuser de satanisme puisque souvent elles réussissaient à guérir où eux avaient échoué. Quand Asclé et sa mère l'avaient recueilli, Félipe souffrait de malnutrition, mais aussi de nombreuses fractures. Le maître forgeron qui hébergeait Félipe, après avoir bu, devenait *complètement fou, et le frappait avec la pioche qui servait à battre le fer. Il lui avait rompu à peu près tous les os des bras et des jambes. Et le lendemain, malgré ses blessures, Félipe devait continuer son travail. Grâce aux bons soins d'Asclé, Félipe s'était remis sur pieds assez rapidement. Pour payer son dédommagement, il avait coupé du bois et travaillé pour la mère d'Asclé durant un an. Ensuite, il était parti, mais il ne manquait jamais de revenir saluer Asclé quand il était dans la région. C'était d'ailleurs une chance qu'il se soit trouvé ici hier, car il arrivait de huit heures de route. Perdu dans ses pensées, il n'entendit pas Juan et ses hommes s'approcher.*

Quand Asclé ouvrit les yeux, elle vit Marianne au-dessus d'elle qui la regardait avec inquiétude.

— Ça va Asclé?

— Où est Marguerite?

— Quand je t'ai vue t'évanouir, j'ai fait signe à Étienne de s'occuper de Marguerite. Alors, ils sont partis visiter les chambres. Tu es toute trempée!

Asclé se leva avec l'aide de Marianne.

— Je vais bien, je vous raconterai tout ça ce soir. Allons les retrouver!

— Ils sont partis par là !

Asclé suivit Marianne dans l'escalier. Elles montèrent aux chambres. C'était comme un véritable hôtel, il y avait des dizaines de portes de chaque côté du corridor. Elles entendirent la voix d'Étienne tout au fond. Elles se dépêchèrent de le rejoindre. Étienne était dans une chambre dont la tapisserie évoquait une partie de chasse. Un grand lit à quenouilles occupait le mur de gauche. Il y avait une commode ainsi qu'un grand bureau de bois à miroir. Des rideaux de velours rouges décoraient la fenêtre. Le couvre-pied avait été sans doute fait dans le même tissu que les rideaux.

— C'est un peu poussiéreux ! dit Étienne, qui frappa sur le lit. Mais ce sera ma chambre.

— Je suggère que ça soit la chambre des trois ! dit Marianne.

— Je ne vois pas pourquoi on ne prendrait pas chacun une chambre. Il y en a des dizaines ! dit Étienne.

— Tu sais très bien pourquoi il vaudrait mieux rester ensemble ! reprit Marianne.

— Ah ! Et pourquoi ? demanda Marguerite, qui revenait de la salle d'eau.

— Je faisais des blagues, mentit Marianne.

— Eh bien, venez les filles ! Je vous montre les vôtres, dit Marguerite.

Asclé et Marianne suivirent Marguerite dans les chambres d'à côté. Les deux autres pièces ressemblaient beaucoup à la pièce d'Étienne. La chambre d'Asclé se différenciait par les nombreuses croix et chapelets qui ornaient les murs. Et celle de Marianne, par la couleur verte des tentures. Les thèmes du papier peint aussi étaient différents. Les dessins du mur d'Asclé représentaient la forêt tandis que ceux de Marianne, des abeilles.

— N'est-ce pas magnifique ! dit Marguerite, excitée.

— Vraiment surprenant ! dit Asclé. Pourquoi ne restes-tu pas avec nous ce soir ? Il y a suffisamment de chambres.

— Je sais ! Ça m'aurait fait plaisir, mais j'ai un client qui vient ce soir, c'est une consultation urgente. Ah, j'oubliais ! Il y a de la nourriture dans le réfrigérateur. Moi, je dois y aller. Je vous laisse continuer de visiter ce château seuls. Vous allez vous amuser.

— C'est certain ! mentit Étienne.

— Je reviendrai vous chercher demain.

— Si nous sommes encore en vie, dit Marianne à voix basse.

— Et demain soir, le service des bagages t'apportera tes valises. N'oubliez pas de lire un peu le cahier avant demain. Question de savoir ce qui vous attend !

Marguerite embrassa les trois jeunes et se dirigea vers la cave.

— À demain ! Dormez bien ! lança-t-elle de l'escalier.

Les trois amis se regardèrent sans parler. Quand ils entendirent la porte de la cuisine claquer, ils sursautèrent.

— Savais-tu que ta tante était timbrée ou as-tu eu la surprise en même temps que nous ? demanda Étienne.

— Je...

— Je ne pensais jamais te dire ça, Asclé, mais je crois que... j'aime bien ta mère ! dit Marianne, qui s'écrasa sur le lit.

Asclé se lança elle aussi sur le lit en compagnie d'Étienne.

— Je suis encore une fois désolée de vous faire vivre pareil voyage ! dit Asclé, repentante.

— Mais non, il ne faut pas ! On s'en sortira plus grands ! dit Étienne, qui lui frottait le dos.

— Je suis d'accord avec lui, ce n'est rien ! dit Marianne, en faisant une grimace à Étienne.

— Allons visiter le reste du château avant que le jour tombe, dit Asclé en se levant. J'ai vu une porte au fond du corridor. Commençons l'exploration par là !

Les deux amis suivirent Asclé, qui se dirigea vers la porte. Asclé essaya de l'ouvrir, mais en vain.

— Laisse-moi faire, dit Étienne. Abracadabra ! Ouvre-toi !

— Mais oui et quoi encore, dit Marianne.

La poignée tourna et la porte s'ouvrit sur un escalier qui menait au grenier et qui de l'autre côté descendait sans doute au sous-sol.

— Suivez-moi ! dit Asclé. Nous allons examiner le grenier.

— Il fait une chaleur d'enfer ! étouffa Marianne.

— Vivre sous un toit, c'est chaud l'été et froid en hiver, dit Asclé.

Les amis aboutirent à de minuscules pièces avec des coffres en pin et de la paille déposée à même le sol. Un pot de chambre ébréché gisait dans un coin.

— C'est du luxe ! Y'a pas à dire ! commenta Étienne.

— Les serviteurs devaient séjourner ici, dit Asclé.

— J'ai bien envie d'ouvrir un de ces coffres en pin, dit Marianne.

Marianne souleva le couvercle du plus gros coffre. Elle y trouva des tabliers et des bonnets de coton. Elle ne s'aperçut pas que le couvercle contenait un petit écrin de velours bleu.

— C'est tout ! dit Marianne.

— Tu ne t'attendais pas à y trouver des robes de bal, Princesse !

— Fiche-moi la paix !

— Oh ! La Princesse s'emballe !

— Laisse-moi tranquille avec tes jeux de mots stupides !

— Descendons avant de suffoquer, suggéra Asclé .

Ils arrivèrent sur le palier en sueur. Ils repassèrent devant les chambres et trouvèrent la salle d'eau tout au fond.

— Je crois que je ferai pipi dans un pot de chambre cette nuit. Pas question que je me promène dans le corridor en pleine nuit ! dit Marianne.

— La salle de bain a sûrement été faite bien après la construction du château, dit Asclé.

Retournons au premier étage, nous y trouverons sûrement une bibliothèque.

— J'ai cru voir une salle contenant des livres quand tu t'es effondrée dans les bras de Marianne.

Ils arrivèrent à une immense salle aux murs remplis de tablettes vides. Une seule bibliothèque murale contenait des volumes. Asclé s'approcha des livres et en sortit un.

— Voyez-vous ce que je vois? leur demanda-t-elle.

— La bibliothèque a été vidée de ses livres! s'écria Marianne.

— Oui, mais regardez ceux qui restent! dit Asclé.

— Ça alors! dit Étienne. Il n'y a qu'un seul et même livre dans cette bibliothèque.

Asclé montra la couverture et lut à haute voix.

— *Malleus maleficarum!* Il y a une vingtaine d'exemplaires de ce même livre.

— Il n'y a pas quelque chose qui vous chicote? dit Asclé.

— C'est assez rare de voir une bibliothèque qui ne contienne qu'un seul titre, dit Étienne.

— Oui, évidemment, ce n'est pas courant ! Mais regardez ces livres. Ce sont d'anciens volumes et ce sont les tirages d'origine, dit Asclé.

— Je peux voir ? dit Marianne.

Asclé lui remit un exemplaire.

— Bizarre, il n'y a pas de poussière dessus ! dit Marianne.

— Exactement ! Comment se fait-il que tout le château soit décoré de toiles d'araignée, mais que ces volumes soient comme neufs ? questionna Asclé.

— Quelqu'un en prend soin ! dit Étienne. Peut-être est-ce ta tante Marguerite ?

— Je ne crois pas, non ! Les cahiers qu'elle nous a remis sont couverts de poussière, dit Marianne.

— Je suggère que l'on aille à la cuisine se prendre un petit quelque chose et qu'on revienne ici pour que je vous fasse part de mes visions, dit Asclé en apportant un livre avec elle.

— Bonne idée ! Je meurs de faim, dit Étienne.

— Ne prononce pas le mot « mourir », dit Marianne.

— D'accord ! Petite Princesse au pot de chambre !

— Je vais t'étriper !

— Chut ! Ne prononce pas le mot « étriper » ! se moqua Étienne.

Asclé se boucha les oreilles pour ne pas les entendre se chamailler.

En s'en allant vers la cuisine, ils ne virent pas les volumes se soulever dans les airs et reprendre leur place sur les tablettes de la bibliothèque. Comme ils ne virent pas non plus l'esprit de Juan les suivre jusqu'à la cuisine.

MALLEUS MALEFICARUM
LE MARTEAU DES SORCIÈRES

« Nous avons assez de religion pour haïr et persécuter
et nous n'en avons pas assez pour aimer et secourir. »
Voltaire, *Traité sur la tolérance*

— Tout compte fait, je trouve que cet endroit est génial ! dit Étienne en ouvrant le frigo et en voyant toute la nourriture qui s'y trouvait.

Asclé s'assit sur le comptoir de la cuisine en tenant le livre sur ses genoux.

— Je n'ai pas bien faim, dit-elle.

— Eh bien, tant mieux ! dit Étienne.

— Ça ne veut pas dire qu'elle n'aura pas faim plus tard, espèce de goinfre !

— « Porc fait », Princesse ! Il en restera, t'en fais pas.

— Malleus Maleficarum ! dit Asclé, qui lisait le titre.

— C'est un sortilège ? demanda Étienne.

— Bien au contraire, ça m'a tout l'air d'un livre dédié à anéantir toutes les sorcières, dit

Asclé, qui ne parlait pas le latin, mais qui regardait les nombreuses images de ce livre.

— Montre ! demanda Marianne.

Asclé ouvrit le livre et Marianne put voir les nombreuses images de tortures infligées aux femmes qu'on accusait de sorcellerie.

— Mais ces femmes avouaient qu'elles étaient des sorcières ! dit Étienne en mordant dans un sandwich.

— Imagine qu'on te brûle le dessous des pieds avec une chandelle jusqu'à ce que ta peau fonde ! lui dit Marianne.

— Ouais, j'avoue !

— Et tu avouerais encore plus... dit Marianne.

En finissant sa phrase, elle jeta un coup d'œil au comptoir et s'exclama :

— Étienne ! Pour quelle raison t'es-tu servi de six couteaux ?

— Qu'est-ce que tu racontes ? Je ne me suis pas...

Étienne s'approcha du comptoir à pain. Les couteaux formaient trois croix.

— Asclé ! Viens voir ! dit Étienne, la voix rauque, en déposant son sandwich.

Il pointa un numéro gravé sur la planche à pain. C'était écrit 3 XV.

— Qui a écrit ça ? demanda Asclé.

— Étienne est bien capable de jouer de mauvais tours, dit Marianne, qui le suspectait.

— On se calme, Princesse. Je me suis préparé un sandwich et je suis revenu à côté de vous, dit-il en reprenant sa nourriture.

— C'est vrai, il était appuyé à côté de moi, dit Asclé.

— N'empêche, dit Marianne.

— Essayons plutôt de savoir ce que veulent dire ces chiffres, dit Asclé.

Au même moment, les couteaux se levèrent et allèrent se planter sur le livre qu'Asclé avait abandonné sur le comptoir. Étienne échappa son sandwich. Il y eut un silence de mort durant quelques minutes, mais rien d'autre ne se produisit.

— Je n'ai plus faim ! dit-il.

Asclé s'approcha du livre.

— Asclé, fais attention ! dit Marianne.

Asclé examina les couteaux.

— Que dois-je faire maintenant ? demanda-t-elle.

— J'imagine que les chiffres ont un rapport avec le livre, dit Marianne.

— Je ne sais pas pourquoi, je n'ai plus envie de l'ouvrir…, dit Asclé, qui tremblait.

— Allons à la bibliothèque, il y en a une trentaine, suggéra Étienne. Nous pourrons fermer la porte, il y a comme un courant d'air ici.

— Bonne idée, lança Asclé en partant à la course, suivie de ses deux amis.

Ils refermèrent la porte derrière eux. Un feu dansait dans la cheminée.

— Un feu ! Quelle bonne idée ! dit Étienne, essoufflé.

— Tu as allumé le feu tout à l'heure ? demanda Marianne. Et en plus, tu as pris le temps de ranger tous les volumes !

— Je n'ai rien fait du tout, dit Étienne, qui commençait à ne plus avoir de plaisir.

— Restons calmes ! ordonna Asclé. Ma tante ne nous aurait pas laissés dans un endroit dangereux. Après tout, elle veut que nous travaillions demain.

— Ta tante ne devait avoir aucune idée du danger qui nous guettait… qui nous guette je veux dire, dit Marianne en pointant les cendres qui commençaient à former un mot par terre.

Les mots de cendre s'alignèrent pour former la phrase : « Ouvre le livre, Asclé ! »

— Asclé, penses-tu ce que je pense ? dit Étienne. Je crois que ton cher ami Juan est revenu.

— Il m'avait prévenue qu'on se reverrait en Espagne.

— Ce qu'il y a de bien avec Juan, c'est qu'il tient ses promesses, dit Étienne. Si tu es un homme, prouve-le et prends-t'en à moi, espèce de mauviette !

— Je ne sais pas pourquoi, mais je n'aurais pas dit ça de cette manière ! s'apeura Marianne.

— Ce n'est qu'un lâche ! dit Étienne, qui pointait son poing vers la cheminée.

La flamme dans la cheminée monta d'un seul coup et les murs de la bibliothèque se mirent à trembler. Une voix diabolique hurla :

— Imbécile ! Je te tuerai aussi !

— J'aime ta voix Juan ! Elle est très sensuelle ! dit Étienne en remettant son poing dans ses poches.

L'esprit souffla si fort qu'Étienne reçut du crachat dans la frange.

— Ça suffit ! Vous vouliez me tuer, eh bien, vous me tuerez moi, laissez mes amis en dehors de tout ça ! cria Asclé, qui se mit devant Étienne.

— Quel courage ! dit la voix qui se moquait. Mais on ne peut pas condamner quelqu'un sans d'abord lui faire un procès !

La voix se mit à rire d'un rire sadique. Ce qui était plus terrifiant encore, c'est que des dizaines de voix se mirent à rire à sa suite. On aurait dit que les voix provenaient des livres.

— Je dirais que Juan a des petits amis ! dit Étienne.

— Le château est grand, on peut y loger plus d'un esprit ! dit Marianne.

— Marianne, tu fais de l'humour dans un moment critique, mais tu devrais perdre conscience ! se moqua Étienne.

— C'est vrai ça ! dit Marianne, qui s'effondra sur le plancher.

— Étienne ! Qu'as-tu fait ? le réprimanda Asclé.

— Je suis désolé ! Je m'en occupe. Occupe-toi de ton copain Juan pendant ce temps.

Les livres, sous l'effet des esprits, se mirent à tourner autour d'Asclé. Ensuite, chacun leur tour, ils la frappèrent à la tête en citant chacun une partie du *Malleus maleficarum* :

— Chapitre 1 : De la manière de commencer un procès de la foi !

— Aïe ! De la quoi ? dit Asclé.

Mais les esprits continuèrent sans se préoccuper des questions d'Asclé.

— Chapitre II : Du nombre des témoins pour un procès ! On est au moins trente ! À toi ! dit l'autre esprit.

— Vous voyez trente personnes ? questionna Étienne.

Les fantômes ne répondirent pas plus à Étienne qu'ils n'avaient répondu à Asclé. Étienne continuait d'éventer Marianne tout en gardant un œil sur Asclé, qui se faisait agresser par des dizaines de livres.

— Chapitre III : Du serment et de l'examen des témoins ! Dites : « Je le jure ! » cria un livre en tapant sur la tête d'Asclé.

— Chapitre IV : Des conditions requises des témoins ! Moyennes, à vrai dire, dit un autre livre en lui pinçant le ventre.

— Aïe ! cria Asclé.

— Chapitre V, enchaîna un autre esprit. De la poursuite du procès. Audition des procès en fonction de quatre autres personnes. Moi, moi, moi, et moi !

— Ça fait quatre ! Hi ! Hi ! dirent une pile de livres.

— Interrogatoires généraux et spéciaux de l'accusée. Où étiez-vous le 18 mai 1483 ?

— Je n'en ai aucune idée, répondit Asclé, qui commençait à être étourdie à cause des coups portés à sa tête.

— Chapitre VI : Éclaircissements sur les interrogatoires précédents et à propos des réponses négatives. Avez-vous rencontré Satan ? demanda un autre livre.

— Satan ? Mais non ! dit Asclé.

— Chapitre VII : Faut-il mettre l'accusée en prison ? Quand doit-elle être prise en flagrant délit de sorcellerie ?

— C'est assez ! cria Étienne en attrapant trois livres d'un coup.

— Si tu veux, dit la voix de Juan, nous te laissons défendre l'accusée.

Les esprits se mirent à rire.

— Silence ! ordonna la voix. On t'écoute.

— Je demande la levée du procès, j'ai besoin de temps pour parler à l'accusée, improvisa Étienne, qui essayait de gagner du temps en imitant un avocat qu'il avait vu dans un film.

— Tu veux du temps, se mit à rire Juan. Eh bien, j'ai toute l'éternité ! Ha ! Ha ! Ha ! L'assemblée est levée jusqu'à demain soir !

Le feu s'éteignit d'un coup dans le foyer, laissant clairement savoir que le jour était fini.

— On n'y voit rien ! cria Asclé.

— Pas de panique ! Je vais à la cuisine. J'ai vu des allumettes et une chandelle dans le tiroir des ustensiles, dit Étienne.

— Je t'attends ! Je veille sur Marianne. Apporte un linge mouillé, ça la réveillera peut-être !

Étienne, angoissé, se rendit à la cuisine tout en parlant à Asclé et revint de la même manière.

— Passe-moi le linge, dit Asclé à Étienne.

Asclé passa le linge mouillé sur le visage de Marianne. Après quelques minutes, elle ouvrit les yeux.

— Asclé ! J'ai fait un mauvais rêve. J'ai rêvé qu'on était dans un château hanté.

— C'est n'importe quoi ! dit Étienne. Faut pas croire aux rêves !

Marianne, tournant la tête, s'aperçut que ce n'était pas un songe. Étienne lui frictionna le dos.

— Je pense que je vais perdre connaissance de nouveau, dit-elle.

— Pas question, tu es bien trop lourde pour que je te porte jusqu'en haut des escaliers, dit Étienne.

Marianne fit une grimace à Étienne en se redressant.

— Elle est guérie! dit Étienne, qui la taquinait.

— Il faut retourner dans nos chambres. Nous dormirons tous ensemble, dit Asclé en attrapant un livre.

— Mais oui, on sait bien! Vous dormirez dans le lit et je dormirai par terre! critiqua Étienne.

— Nous dormirons tous les trois dans le même lit! Pas question qu'on se sépare! dit Asclé. Montons maintenant! Marianne, peux-tu marcher?

— Oui, je pense que oui!

— Tu as manqué le meilleur, Princesse. Tu as manqué le début du procès du siècle, le procès d'Asclé.

— Dépêchons-nous! Ne traînons pas dans les corridors, dit Asclé, qui était inquiète.

Ils montèrent l'escalier jusqu'à la chambre d'Asclé. Les trois amis, qui se sentaient suivis, ressentirent d'un coup un besoin naturel.

— Je dois aller au petit coin ! dit Marianne.

— Allons-y tous ensemble ! dit Asclé.

— Je n'y vois aucun inconvénient, dit Étienne.

Étienne entra le dernier et ferma la porte.

— Retourne-toi, Étienne, et ne fais pas de folies ! dit Marianne, sur la défensive.

— C'est vrai que les fesses d'une Princesse, c'est comme de l'or ! se moqua-t-il.

Asclé le poussa afin qu'il se taise. Ensuite, ce fut au tour d'Asclé de se soulager et vint le tour d'Étienne.

— Mesdames ! Écoutez le concerto en do majeur !

— Tu es imbécile ! dit Marianne. Je ne couche pas à côté de lui.

— Je dormirai dans le milieu, dit Asclé. De toute façon, ce serait un miracle si je dormais cette nuit ! Allons-y !

Asclé ouvrit la porte de la salle de bain. Elle regarda à droite et à gauche. Il n'y avait que des ombres créées par le reflet des chandelles sur les murs. Asclé et ses amis foncèrent dans le corridor jusqu'à leur chambre. Il leur sembla voir une série d'ombres déferler devant eux. Leur imagination avait pris le dessus sur eux. Ils s'enfermèrent, paniqués. Étienne poussa le gros meuble devant la porte et les trois insé-parables sautèrent sur le lit. Marianne se tourna vers Asclé.

— Qu'as-tu vu de ton autre vie quand tu t'es évanouie ?

— Je m'enfuyais dans un ruisseau.

— Ce qui explique pourquoi tu étais toute trempée !

— Oui, mais je ne comprends toujours pas pourquoi Juan me veut du mal. Pourquoi veut-il à tout prix se venger ?

— Pour avoir lu un peu sur l'Inquisition, dit Étienne, un rien suffisait à faire griller une femme. Elle n'avait pas besoin d'être coupa-ble, on se chargeait de lui trouver des fautes pour l'accuser.

— Mais pour me poursuivre dans l'éter-nité ? Il faut quand même qu'il ait une raison valable.

— Il veut la tuer de nouveau, ce n'est pas rien, dit Marianne.

— Peut-être que si je te défends bien et que l'on gagne le procès, il te laissera tranquille ? dit Étienne.

— Mais c'est ridicule ! dit Marianne.

— Si la Princesse a d'autres suggestions, je l'écoute, dit Étienne en s'inclinant devant elle.

— Idiot !

— Et si on s'arrangeait pour reporter le procès ? réfléchit Asclé.

— Je vous fais remarquer que je l'ai déjà reporté !

— Il faudrait le reporter encore, raisonna Asclé.

— Il faut trouver une excuse, dit Étienne.

— Il faudrait plutôt l'annuler, renchérit Marianne.

Des bruits de pas dans le corridor mirent fin à la discussion.

— On dirait qu'on a de la visite ? dit Étienne.

Les deux filles se collèrent sur lui en ramenant la couverture sur leur tête. Les bruits s'arrêtèrent devant leur porte.

— Je ne me sens pas très bien, dit Marianne.

La porte s'ouvrit dans un fracas, poussant violemment le gros meuble vers le lit.

— Surprise, les enfants ! dit Marguerite, souriante. Avouez que vous avez eu peur ! Mais pourquoi ce bureau devant votre porte ?

— Parce qu'on a peur ! C'est évident ! dit Asclé.

— Voyons ! Ne dis pas de sottises, il n'y a rien d'effrayant ici. J'étais certaine que vous ne vous endormiriez que très tard. Alors je suis venue faire un peu de discipline. Je ne veux surtout pas que mes apprentis aient l'air du diable demain !

— C'est une bonne expression, dit Étienne, je la retiens pour Juan. Non mais, ça va ? T'as l'air du diable mon vieux !

— Bon ! Chacun dans vos chambres. Demain, au déjeuner, vous lirez votre cahier.

— Ma tante, si ça ne te dérange pas, j'aimerais bien dormir avec Marianne.

— Bon ! Si vous me promettez de dormir et de ne pas trop placoter.

— Oui, promit Marianne.

— Et moi ? dit Étienne, à la blague.

— Ouste ! Dans ta chambre jeune homme ! Bonne nuit tout le monde !

Marguerite accompagna Étienne à sa chambre et se dirigea ensuite vers la chambre donnant sur l'escalier. Étienne avait eu le temps d'attraper le livre *Malleus maleficarum* avant de sortir de la chambre. Les filles enfilèrent leur pyjama et se mirent au lit.

— Même si ta tante est dérangée, je suis bien contente qu'elle soit venue dormir ici, dit Marianne.

— Moi aussi! L'effet du décalage horaire est monstrueux!

— Tu parles de tes voyages dans un autre temps ou du voyage Québec-Espagne?

— Les deux! Te rappelles-tu le Mexique, tu ne voulais pas coucher seule, questionna Asclé.

— J'avais le choix entre les coquerelles et les puces!

— Et ici, il n'y a ni coquerelles, ni puces, dit Asclé.

— Seulement des fantômes, pourquoi nous plaignons-nous? dit Marianne en bâillant.

— C'est encore une fois de ma faute, dit Asclé, songeuse.

— Bah! Il ne faut pas t'en vouloir. En tout cas, moi je ne t'en veux pas, répondit Marianne.

— J'ai la chance d'avoir de bons amis. Merci, merci d'être dans ma vie.

— Je ne sais pas ce que je ferais si je ne t'avais pas. Tu es comme ma sœur! dit Marianne.

Les filles finirent par s'endormir une heure plus tard.

Étienne lui, tourna les pages de quelques chapitres du livre. Ce que les esprits récitaient à haute voix dans la bibliothèque, c'étaient les chapitres du *Malleus maleficarum*, et le chapitre XV se trouvait dans la troisième partie du livre. C'est probablement ce que voulait dire 3XV. Le chapitre XV montrait comment torturer les accusées pour les faire parler. Si c'était leur intention, Étienne ne les laisserait pas faire. Il devait trouver un moyen de défendre Asclé. Il s'endormit le livre sur la poitrine. Toute la nuit, son sommeil fut agité, il rêva qu'on l'avait capturé avec Asclé. On les emmenait dans la chambre des tortures. Lorsque les bourreaux ouvrirent la porte, Étienne se réveilla en sueur. Il suffoquait et aurait bien aimé prendre un verre d'eau, mais il n'avait pas le courage de descendre à la cuisine. Il se força à se recoucher, mais les images de son sommeil le hantaient. Épuisé, il finit par s'assoupir.

Et puis enfin, tout se calma dans le château de Mendoza et la nuit se passa sans autre embûche.

LA CLINIQUE DE MARGUERITE

« On peut dire d'eux pour le plus
qu'ils vendent des drogues médicinales,
mais qu'ils soient médecins cela ne peut-on dire... »
Montaigne, *De l'expérience*

Le réveil fut brutal ! À cinq heures trente précisément, Marguerite, avec l'aide d'un ancien cor, claironna dans le corridor. Le bruit intensément infernal fit sursauter les trois dormeurs. Dehors, les corneilles croassaient vivement, accompagnant d'une seule voix le concert improvisé.

— Debout les poussins ! Une superbe journée s'annonce !

— On se lève, mais pour l'amour de Dieu ma tante, arrête ce vacarme !

— Alors, je vous attends à la cuisine. Je vous prépare le repas !

Asclé et Marianne se regardèrent. Elles avaient piètre mine.

— Est-ce que j'ai l'air de ce que tu as l'air ? demanda Marianne, paniquée.

— Comment veux-tu que je le sache ? Je ne me suis pas encore regardée, dit Asclé en bâillant.

— C'est horrible ! Je cours à la salle de bain.

Les deux filles firent le saut lorsqu'une corneille fonça droit sur la fenêtre de leur chambre.

— Ma mère dit que c'est de mauvais augure, maugréa Marianne en mettant le pied dans le corridor.

Asclé leva les épaules en signe d'impuissance. Pendant ce temps, Étienne, finissant de s'habiller, attrapa son cahier d'herboristerie et vint cogner à la porte d'Asclé. Asclé sauta de son lit et alla ouvrir.

— Bien dormi ? demanda Étienne.

— Pas longtemps ! J'ai eu de la difficulté à m'endormir.

— Bizarre ! Je ne comprends pas pourquoi ! Et la Princesse ?

— Elle trouve qu'elle a une mine à faire peur et elle n'a toujours pas sa valise, alors pas de taquineries. Ça pourrait te sauter à la figure, dit Asclé.

— C'est compris, alors je descends à la cuisine tenir compagnie à ta tante, mais de grâce ne me laissez pas seul trop longtemps ! supplia Étienne.

Étienne referma la porte. Il traversa le corridor en observant les murs. Hier, il n'avait eu aucune envie de regarder la décoration. Ce matin, il remarqua qu'il n'y avait aucun cadre accroché au mur, mais plutôt une vingtaine de crucifix alignés de chaque côté. « Décidément, c'est une décoration intérieure austère », pensa-t-il. Les marches de l'escalier craquèrent sous ses pas. Il passa dans le hall en évitant de regarder dans la direction de la bibliothèque. Ils y retourneraient bien assez vite.

— Bon matin, Étienne !

— Bonjour !

— Comment aimes-tu tes œufs ?

— Brouillés, merci !

— Tu peux t'asseoir et commencer à lire le cahier que je vous ai remis. Ce matin et pour le reste de la semaine, j'aimerais que tu sois à la cueillette de plantes dans la serre. Tu as la liste des plantes et leur dessin. Et tu as aussi la façon de les cueillir. Certaines plantes contiennent des poisons mortels. Si tu ne suis pas mes instructions, tu pourrais avoir des problèmes pour continuer ton stage, car les morts ne travaillent pas bien !

— C'est encore surprenant, marmonna Étienne.

— Tu dis ?

— Je dis que c'est surprenant, toutes ces plantes dans votre serre.

— Oui, mais c'est une petite serre.

Les filles arrivèrent dans la cuisine.

— Bonjour demoiselles ! Vous prendriez bien des œufs ?

— Moi, juste du pain, dit Marianne, dont le cœur se soulevait juste à l'odeur des œufs.

— Bien sûr chérie. Il y a aussi des confitures, dit Marguerite.

— Merci, répondit Marianne.

— Moi, je prendrais bien des œufs, dit Asclé.

— Et comment les aimes-tu ?

— Tournés, s'il vous plaît ! dit Asclé, poliment.

— Asclé, je vois que tu n'as pas descendu ton cahier. Allez ! Cours le chercher ! exigea sa tante.

Asclé n'avait pas le goût de remonter seule à l'étage. Même s'il faisait jour, elle savait que les fantômes ne dormaient pas, car ce n'étaient pas des vampires. Elle regarda Étienne en espérant qu'il comprenne son appel au secours.

— Je vais aller te le chercher, dit Étienne.

— Merci !

— Très galant jeune homme, dit Marguerite.

— Juste quand ça paraît bien, dit Marianne en regardant Asclé.

— Mangez bien! Nous avons une très grosse journée. Comme je l'ai déjà dit à Étienne, il sera chargé de cueillir les plantes et Marianne, toi, tu les réduiras en poudre ou en pommade, ce sera selon. Et Asclé m'accompagnera auprès des clients. Vous aurez la même tâche durant toute la semaine. J'espère que ça vous convient?

— Oui, dirent Marianne et Asclé.

Après le repas, ils quittèrent le château. Assis dans la voiture, ils pouvaient enfin relaxer. Ils étaient en sécurité, du moins, c'est ce qu'ils croyaient.

Ils furent tous très surpris de voir une file d'attente sur le trottoir devant la clinique.

— Es-tu certaine que ta tante n'a pas payé des figurants pour nous tromper? se moqua Étienne.

— Je n'en sais rien! dit Asclé, qui trouva la blague drôle.

— C'est quand même surprenant! dit Marianne.

— Je vous avais prévenus les enfants!

Marguerite stationna l'auto et entra dans la maison par derrière.

— Suivez-moi !

Marguerite déverrouilla la porte de la serre pour Étienne.

— Et voilà, jeune homme ! Si jamais tu as des questions ou encore que tu éprouves des difficultés, tu devras te débrouiller seul. Je ne serai disponible qu'à midi. Ici, tu as tes outils et ici tes gants. Ne les enlève sous aucun prétexte ! Tu as compris ?

— Oui, merci ! dit Étienne, inquiet.

— Bon ! Maintenant rentrons ! Voilà pour toi Marianne ! Ici tu as ton pilon et ton mortier et dans ces pots tu as des herbes et des plantes qui n'attendent que toi. Toi aussi, tu enfiles des gants et tu ne les enlèves que pour dîner. Je ne voudrais pas avoir de morts sur la conscience, vous comprenez ?

— Bien sûr ! dit Marianne en ravalant sa salive.

— Alors, bonne chance ! dit Marguerite. Suis-moi Asclé.

Marguerite se dirigea vers un tout petit bureau qu'ils n'avaient pas visité hier. Elle ouvrit les volets et la pièce s'éclaira d'une merveilleuse lumière naturelle.

— Voilà qui est mieux ! dit Marguerite. Veux-tu changer le papier de la table d'examen et vérifier s'il reste des papiers mouchoirs ?

— Oui, ma tante !

— Tu m'assisteras, mais ne pose aucune question devant les clients. Attends qu'ils soient en dehors du bureau.

— Très bien !

Marguerite sortit ses papiers et les déposa sur son cabinet de travail. Elle alluma une lampe et vérifia ses instruments. Elle alla enfiler un sarrau et en apporta un à Asclé.

— Te sens-tu prête ? demanda sa tante.

— Pas du tout !

— Alors commençons ! dit Marguerite.

Elle alla ouvrir la porte de la clinique. Les clients vinrent prendre un numéro et s'assirent patiemment.

— Señor Ramirez, suivez-moi ! dit Marguerite, qui l'invita à passer dans son bureau.

En entrant, elle le fit s'asseoir.

— Que puis-je faire pour vous ?

— Je viens vous voir parce que j'ai très mal à l'oreille droite.

— Aucune autre douleur ?

— Quelle couleur ? Je ne sais pas ?

— Allons regarder cette oreille, dit Marguerite, qui dirigea l'homme vers sa table d'examen.

— Asclé, j'aurais besoin de ma lampe pour les oreilles.

Asclé regarda tous les instruments. Heureusement qu'elle s'était déjà fait examiner les oreilles, elle savait quel instrument choisir.

— Tenez !

— Merci, Asclé !

Marguerite examina les deux oreilles de monsieur Ramirez ainsi que sa gorge. Puis elle écouta son cœur.

— Vous pouvez vous rhabiller, dit Marguerite.

— C'est grave ?

— Non, ce n'est qu'une simple otite, dit Marguerite. Je vous donne des gouttes d'huile essentielle de lavande vraie à mettre sur un tampon d'ouate. Vous mettrez la ouate dans votre oreille.

Par prudence, Marguerite lui fit lire l'étiquette.

— C'est bien !

— Asclé, irais-tu voir Marianne pour lui demander une bouteille d'huile essentielle de lavande vraie ?

— Oui, je reviens tout de suite ma tante !

Asclé traversa de l'autre côté. Elle était fort curieuse de voir comment son amie s'en sortait. En entrant dans la pièce, elle ne la trouva nulle part. Asclé pensa qu'elle devait être dans la serre avec Étienne. Elle essaya seule de chercher la lavande sur les tablettes de l'immense pièce.

Pendant ce temps dans la serre, Étienne était couché par terre, se tordant de douleur. Des plaques rouges et mauves couvraient son corps. Marianne, penchée au-dessus de lui, lui faisait la morale.

— Je parierais que tu n'as pas mis tes gants !

Étienne, terrassé par la douleur, était incapable de lui répondre, mais ce n'était pas l'envie de l'envoyer promener qui lui manquait.

— Imagine, si tu meurs, comment Asclé sera mal prise ! dit Marianne.

— J'ai mal ! cria Étienne.

— Il fallait y penser avant ! lui dit Marianne.

— Va chercher Asclé ! lui demanda Étienne.

— Pas question ! Marguerite a dit…

— De ne pas la déranger, mais elle n'a pas dit qu'on ne pouvait pas déranger Asclé !

— C'est vrai ! dit Marianne. Je vais voir ce que je peux faire. N'empêche que tu aurais dû écouter !

— JE N'EN PEUX PLUS MARIANNE !

Elle se leva et se dirigea à l'intérieur de la clinique. Elle ne pouvait pas frapper à la porte durant une consultation. Aussi elle attendit qu'Asclé vienne chercher une ordonnance avant de lui parler.

— Que se passe-t-il ? demanda Asclé.

— Il se passe que monsieur Étienne, que dis-je, monsieur Catastrophe, n'a pas mis de gants et qu'il se tort de douleur, couvert de plaques rouges et mauves. Voilà ce qu'il se passe ! Il veut te voir !

— C'est une blague ! demanda Asclé.

— Non ! C'est tout ce qu'il y a de plus vrai ! répondit Marianne.

— Il n'a pas mis ses gants ?

— Il a dit : « Des gants, c'est pour les filles ! » Et aussitôt qu'il a touché à la plante, il s'est mis à avoir des crampes et des rougeurs.

Marguerite, qui avait entendu la conversation, fit patienter son client et entra dans la pièce d'un air sévère.

— Fais-lui prendre trois gouttes de racine de géranium! ordonna-t-elle en repartant avec Asclé dans son bureau.

Marianne trouva la bouteille d'huile de géranium, s'en empara et se dirigea vers la serre. Étienne était toujours au même endroit et toujours souffrant.

— J'ai ce qu'il te faut! Marguerite n'était pas contente!

— Tu m'as trahi!

— Non, elle a tout entendu quand je parlais à Asclé.

— Je suis mort!

— Pas encore! Tiens, avale ça!

— Une minute! C'est toi qui me donnes ça? Ou est-ce que c'est Marguerite?

— Qu'en penses-tu? N'eût été que de moi, tu serais déjà mort!

— Toujours aussi délicate avec moi! dit Étienne en avalant les trois gouttes du liquide infect. Dégoûtant! cracha-t-il.

Peu à peu, les rougeurs s'estompèrent et les crampes diminuèrent. Étienne put enfin s'asseoir. La lumière de la serre l'aveuglait.

— J'espère maintenant que tu enfileras tes gants et que tu ne me dérangeras plus! lança Marianne en s'en allant.

— Trop sympathique ! dit Étienne en se relevant et en faisant la moue.

Malgré cela, Étienne enfila ses gants et poursuivit plus minutieusement le travail. Il voyait les plantes d'un tout autre œil maintenant.

LE PATIENT

« La calomnie est une guêpe qui vous importune et contre laquelle il ne faut faire aucun mouvement, à moins qu'on ne soit sûr de la tuer, sans quoi elle revient à la charge, plus furieuse que jamais. »

Jonathan Swift, *Essai critique sur les facultés de l'esprit*

Au dîner, Marguerite ne fit pas allusion à l'incident. Étienne se tint tranquille et n'agaça pas Marianne. Quand ils revinrent à la clinique, il y avait encore une file impressionnante de gens qui attendaient pour être soignés.

— Vous allez voir, la journée va passer à une vitesse folle. Bientôt, vous relaxerez au château, dit Marguerite, enthousiaste.

Cela dit, il n'y avait que Marguerite qui était enthousiaste. Les trois amis, eux, auraient volontiers prolongé la journée, question de ne pas remettre les pieds au château ce soir !

Marguerite fit entrer dans son bureau un dénommé Miguel. Miguel envoya à Asclé un petit sourire méchant. Asclé était hypnotisée par ses yeux. Marguerite dut la toucher pour la faire réagir.

— Asclé ! Il faut se dépêcher. Il souffre d'une réaction allergique !

Asclé se sentit tirer dans le passé.

En sortant sa tête de l'eau, Asclé entendit des rires au loin. Les hommes venus l'arrêter avaient dû suivre le ruisseau. Ils approchaient. Asclé ne pouvait pas rester à la vue comme ça, elle devait se cacher. Elle fixa son attention pour savoir de quel côté de la rivière étaient les hommes. Elle en déduisit par le vent et par le bruit qu'ils étaient à gauche. Elle décida donc de se cacher à droite de la rive. Ils approchaient… il fallait faire vite. Asclé se faufila à travers le feuillage sans faire de bruit et put observer le cortège, qui passa. Son cœur faillit exploser lorsqu'elle vit Félipe se faire traîner par une corde à l'arrière du cheval de Juan.

— Moins vite ! cria Juan. Je veux qu'Asclé ait le temps d'apercevoir pour la dernière fois son ami. N'est-ce pas, Asclé, que tu dois m'entendre ? Tu dois te cacher par ici !

Et les hommes qui l'accompagnaient se mirent à rire d'un rire gras et cruel.

— Nous l'amenons au village pour jouer avec lui. On va le déguiser un peu. Je gage que

tu ne le reconnaîtras pas lorsqu'il sera sur le bûcher.

Asclé se retenait pour ne pas crier. Elle sentait la colère et la haine remplir son cœur. Elle savait que c'est ce que voulait Juan, il voulait la forcer à sortir et il l'attraperait comme on cueille une fleur. Asclé n'était pas dupe. Tout à coup, elle entendit un juron.

— Que se passe-t-il Juan ? demanda un de ses hommes.

— Je viens de me faire piquer par une abeille.

— Ah !

— Je ne me sens pas très bien. Je vais descendre de mon cheval et marcher un peu.

Asclé suivait la scène de l'autre côté du ruisseau. Elle savait quoi faire en cas de réaction allergique aux piqûres d'abeilles. Elle vit Juan tomber à genoux et se mettre à avoir des convulsions.

— Au secours ! cria un des hommes. Juan se meurt !

— Je... Je ne peux plus respirer... dit avec peine Juan.

Asclé se leva de l'autre côté du ruisseau en criant :

— Je peux vous aider, mais délivrez Félipe !

Les hommes pointèrent d'abord leurs armes en direction d'Asclé. Ils se regardèrent, mais puisque leur chef se mourait, ils décidèrent de détacher Félipe.

— Il traversera le ruisseau quand toi tu seras de notre côté ! cria le plus gros.

— J'arrive, mais laissez-le partir, exigea Asclé.

Félipe traversa le ruisseau en regardant Asclé, qui s'en allait à sa perte.

— Pourquoi as-tu fait cela Asclé ? chuchota Félipe.

— Cours ! Va-t'en ! C'est moi qu'ils voulaient de toute façon.

Arrivée sur l'autre rive, Asclé, dégoulinante, se pencha sur le corps de Juan, qui tremblait et sursautait violemment sur le sol.

— S'il meurt, sorcière, on t'emmène avec nous et tu seras jugée.

Asclé se dit que de toute façon, ils l'emmèneraient devant le tribunal.

— J'ai besoin de plantain et d'une aiguille d'aubépine pour retirer le dard. Il y a du plantain dans la clairière, dit Asclé.

— Marcello et Luis ! Vous l'accompagnez ! dit Paco, le jeune homme qui accompagnait Juan.

Asclé se dirigea vers la clairière d'un pas rapide. Félipe, de l'autre côté, s'était caché, prêt à défendre celle qu'il aimait au péril de sa vie. Asclé revint rapidement avec des feuilles de plantain. À l'aide d'une aiguille d'aubépine qu'elle avait dans sa poche, Asclé extirpa le dard. Ensuite, elle mâcha le plantain et en fit une pâte qu'elle déposa sur la boursouflure du cou.

— Ça devrait aller! dit Asclé.

— C'est n'importe quoi! Si ça fonctionne, c'est qu'elle parle au diable. Personne ne peut guérir au moyen de simples feuilles, dit Paco.

Asclé ignora les commentaires. Les tremblements de Juan cessèrent et il ouvrit les yeux. Malgré le fait qu'Asclé détestait cet homme, elle n'avait pas pu le laisser mourir. Et pourtant, elle savait qu'elle allait le regretter. Quand Juan vit Asclé, penchée au-dessus de lui, il pensa qu'il était mort. Mais en tournant la tête de côté, il vit ses hommes autour de lui. Il regarda Asclé de nouveau.

— Qu'est-ce que tu fais là?

— Je viens de vous soigner.

Juan s'assit lentement et Asclé recula, attendant de se faire capturer par ses hommes.

— Sans ton aide, je serais mort. Pourquoi m'as-tu aidé ?

— Parce que ma mère m'a enseigné que toutes les personnes, même celles qui paraissaient les plus vilaines et les plus noires, avaient en dedans d'elles un côté de lumière. Et que tous nous avions le droit à la guérison.

— Mais j'ai tué ta mère !

— Je sais !

— Et j'ai ordre de te capturer !

— Je sais aussi !

— Et tu n'as pas peur ? demanda Juan, incrédule.

— Bien sûr que j'ai peur !

— Tu n'es encore qu'une enfant.

Juan se frotta les yeux et se demanda ce qu'il allait faire. Torquemada n'aurait pas hésité à l'attraper et à la brûler, mais il n'était pas Torquemada. Ses hommes commençaient à s'impatienter, la nuit allait bientôt tomber. Il regarda Asclé et lui dit :

— Allez ! Pars ! Je ne t'ai pas vue.

Asclé restait là sans bouger, ne croyant pas ce qu'elle entendait. Elle pensa qu'il la frapperait par derrière pour pouvoir l'assommer. Elle releva sa jupe pour traverser la rivière, mais personne ne courut après elle pour lui faire du mal. Félipe

l'attendait un peu plus loin, lui aussi très scep-
tique à l'idée qu'ils les laissent s'enfuir.

Certains des hommes qui accompagnaient
Juan parurent mécontents du geste de grâce qu'il
venait de poser, mais personne ne dit mot devant
lui de peur de représailles. Paco et les autres allè-
rent plutôt trouver Torquemada en secret pour
calomnier leur confrère et dire que Juan était
complice des sorcières.

Marguerite avait transporté Asclé du côté où Marianne travaillait et elle avait demandé à cette dernière d'en prendre soin pendant qu'elle faisait une piqûre d'épinéphrine à Miguel. Marianne attendit patiemment qu'Asclé revienne à elle en l'éventant avec un livre. Asclé finit par ouvrir les yeux. En voyant qu'elle était revenue aux côtés de Marianne, elle respira normalement et s'aperçut qu'elle avait des feuilles dans la bouche. Elle cracha des petits tas verdâtres et gluants sur le plancher et écla-boussa Marianne.

— Asclé ! C'est répugnant ! J'ai beau beau-coup t'aimer, ne me crache jamais plus dessus.

— Je suis désolée Marianne, dit Asclé. L'homme qui s'appelle Miguel est-il toujours dans le bureau de Marguerite ?

— Je dirais que oui, répondit Marianne.

— C'est lui !

— C'est lui ?

— L'esprit de Juan est dans le corps de Miguel, le patient de Marguerite, dit Asclé.

— Juan de Ouija ?

— Oui ! répondit Asclé en baissant le ton.

— Mais comment peut-il s'infiltrer dans un corps ? demanda Marianne.

— Je n'en ai pas la moindre idée !

— Veux-tu que j'aille chercher Étienne ? demanda Marianne.

— Oui, ce serait mieux ! dit Asclé.

Marianne marcha vers la serre. Marguerite sortit de son bureau et se dirigea vers Asclé.

— Ma chérie ! Qu'est-ce qui s'est passé ?

— Ce n'est rien ma tante. Ça m'arrive quelquefois et puis ça repart. Ce n'est pas grave.

— Laisse-moi en douter. Une fille sportive comme toi qui tombe inconsciente comme ça sans crier gare à tout moment. Je me pose des questions.

— Je te dis que ce n'est rien !

— Prends-tu des contraceptifs ?

— Des quoi ?

— Des contraceptifs, tu sais quand on ne veut pas avoir d'enfants...

— Je sais ce que c'est des contraceptifs ma tante, mais pourquoi me poser cette question ?

— Eh bien, certaines filles, quand elles tombent enceintes, perdent souvent connaissance… répondit Marguerite. Et Étienne est un très joli jeune homme et je comprendrais si tu voulais garder le secret…

— Merci ! dit Étienne, qui venait d'arriver et qui n'avait rien entendu de la conversation.

— Non, je ne prends pas de contraceptifs, car je n'en ai pas besoin ! répliqua Asclé en jetant un coup d'œil meurtrier à Étienne, qui ne comprenait rien.

— La pensée magique ! Asclé, j'aurais cru que tu étais plus mature que ça !

Une pluie diluvienne vint s'abattre sur les fenêtres, mettant un terme à la discussion. Tous coururent un peu partout fermer les portes et les fenêtres restées ouvertes. Un coup de tonnerre retentit, secouant le plancher de la demeure.

— Nous serons mieux au château, dit Marguerite.

— Elle est malade, marmonna Étienne. Une petite bouteille d'huile essentielle peut-être…

— Vous venez avec nous ? s'excita Marianne.

— Oui, je vous ferai à souper, ensuite je partirai, car je dois rencontrer quelqu'un.

— Zut ! dit Asclé.

— Bon ! Allons-y ! Vous me raconterez dans la voiture comment vous avez trouvé votre première journée.

Marguerite prit soin de verrouiller la porte de la clinique et la serre et rejoignit les jeunes dans la voiture. Personne ne parlait, tout le monde réfléchissait à ce qui s'était passé hier et chacun se demandait s'il allait survivre ce soir.

— Il y a comme un silence de mort ! dit Marguerite en ricanant.

Les trois autres pensèrent qu'il n'y avait absolument rien de drôle et ne dirent rien de tout le trajet menant au château hanté.

LES PHÉNOMÈNES PARANORMAUX

*« Et cette terreur confuse du surnaturel
qui hante l'homme depuis la naissance
du monde est légitime puisque le surnaturel
n'est autre chose que ce qui nous demeure voilé ! »*
Guy de Maupassant, *Nouvelles fantastiques*

C'était comme une abomination. Ils étaient de retour dans le château hanté, condamnés à y passer une autre nuit. La voiture s'arrêta devant la grille et Marguerite, souriante, leur montra les clés.

— Cette fois, nous passerons par la grande porte les enfants.

— Dites-moi que je rêve, supplia Marianne.

— Tu rêves, Princesse, dit Étienne.

— Idiot ! répliqua Marianne.

— Pourquoi faut-il toujours que tu me traites d'idiot ou d'imbécile ? dit Étienne, imitant la voix d'une victime. Je te promets de te trouver un dictionnaire des synonymes.

— Espèce de cancre ! répliqua Marianne.

— Vois-tu, là, c'est du progrès ! ricana Étienne. Qu'en penses-tu Asclé ?

— J'espère que mon avocat se sent d'attaque ? dit Asclé, qui regarda Étienne.

Étienne ravala sa salive. Comment pouvait-il être prêt ? Il avait travaillé toute la journée. Il s'était fait piquer par une idiote de plante qui l'avait empoisonné et il allait se retrouver devant des dizaines de fantômes fous à lier, prêts à tuer sa meilleure amie.

— Voyons ? Bien sûr que je me sens d'attaque. Pourquoi me poses-tu cette question ?

Il sentit son cœur commencer à marteler sa poitrine. Marguerite enleva la grosse chaîne, ouvrit la grille et revint dans la voiture. L'automobile emprunta un petit sentier parsemé de ruches d'abeilles et, au bout de quelques pieds, on aperçut le château. Asclé eut l'impression de marcher vers la potence. Elle baissa la tête, résignée à accepter son sort. Si c'était possible, l'extérieur du château était encore plus terrifiant que l'intérieur de la cave. Cette propriété avait un air à vous faire dresser les cheveux sur la tête. Des fenêtres aux tourelles, tout y était effroyable !

— N'est-ce pas qu'il est beau ce château ? dit Marguerite.

Personne ne répondit. Tous étaient sur le pied de guerre. Marguerite stationna son automobile devant l'escalier de l'entrée principale et laissa les clés dans le véhicule. Marianne pensa qu'en cas de besoin, elle n'hésiterait pas à emprunter le véhicule pour se sauver.

— Bien sûr, je pense que l'extérieur aurait besoin de quelques réparations, mais il a du charme, dit Marguerite.

C'est à reculons que les trois compagnons montèrent les escaliers. La porte grinça et s'ouvrit lentement. Étienne grimaça.

— Coucou! C'est nous! lança-t-il à la blague.

— Tais-toi! marmonna Marianne.

— Peut-être pourriez-vous monter à vos chambres vous mettre à l'aise pendant que je fais le souper? suggéra Marguerite.

Ils acquiescèrent de la tête et montèrent tous les trois ensemble. Ils s'enfermèrent dans la chambre d'Asclé. Asclé et Marianne se lancèrent sur le lit. Étienne s'assit sur le matelas, attrapant le livre *Malleus maleficarum*. Il l'ouvrit au hasard. Soudain, un bruit leur fit tourner la tête. La fenêtre venait de s'ouvrir seule. Les rideaux commencèrent à s'envoler aux quatre vents et leur miroir magique changea de couleur.

— On a de la visite les filles !

Personne ne voyait rien, mais on sentait quelque chose se déplacer dans la chambre. Tout à coup, les pages du livre se mirent à tourner très vite et finalement une page se déchira et atterrit aux pieds d'Étienne.

— Je proteste votre honneur ! Je n'ai pas eu suffisamment de temps pour lire le livre, s'essaya Étienne.

Une forme monstrueuse se matérialisa et lui cracha au visage en disant :

— Lis !

Puis le fantôme s'engouffra sous le lit.

Étienne blanchit d'un coup ! Il s'essuya les cheveux avec dédain et ramassa la page à ses pieds. Les deux filles se tenaient, enlacées une à l'autre. Marianne était sur le point de tourner de l'œil. L'esprit réapparut, plus intense que jamais, en disant :

— Je t'ai dit de lire !

Étienne ravala sa salive. Ça se compliquait, il préférait voir les livres et les objets se déplacer dans les airs plutôt que de voir les esprits qui les déplaçaient. C'était dégoûtant !

— Vous êtes madame ou monsieur ? demanda Étienne au fantôme. Je m'excuse de poser la question, c'est que ce n'est pas, mais vraiment pas évident. Je ne voudrais pas vous froisser.

L'esprit se contorsionna et revint se planter à un centimètre du nez d'Étienne.

— Homme ! vomit-il.

Étienne ferma les yeux un moment et se concentra sur sa propre respiration.

— Alors monsieur, je lis. « Question X. Cinquième action : Comment assurer la défense de l'accusée ? Concession d'un avocat.

— Je crois que c'est clair, dit Asclé. Tu es officiellement mon avocat.

L'esprit s'approcha d'Asclé. Asclé recula jusqu'à la tête de lit. Marianne ne broncha pas, elle était inconsciente.

— Je veux téléphoner à mon avocat ! bredouilla Asclé.

— Veux-tu vraiment me téléphoner Asclé ? questionna Étienne, ne quittant pas des yeux le spectre.

— Non. Je veux dire que je veux parler à mon avocat en privé.

Le revenant fonça dans le mur en créant l'image d'une horloge qui indiquait minuit.

— Si je comprends bien, on a jusqu'à minuit pour te créer une défense, dit Étienne, exaspéré.

— Si je te parle de mes visions, ça pourra peut-être t'aider, car il y a une chose que je ne comprends pas.

— Laquelle ?

— Aujourd'hui, dans mon autre vie, j'ai sauvé la vie à Juan, tu sais, Juan de Ouija ?

— Mais oui, le gros sympathique qui voulait te tuer ! ironisa Étienne.

— Oui, celui-là ! Eh bien, dans mon autre vie, je l'ai sauvé d'une réaction allergique et il m'a laissée partir.

— Peut-être qu'il voulait se suicider et il t'en a voulu de lui avoir fait rater son plan, ironisa Étienne.

— C'est idiot ! dit Marianne en reprenant ses esprits.

— Je me disais aussi qu'il manquait quelqu'un qui me détestait, s'écria Étienne.

— Je ne te déteste pas !

— Ah bon !

— Je te hais ! C'est très différent ! dit Marianne en s'éventant. La chose gluante est-elle partie ?

— C'est un monsieur cette chose, Princesse !

— Un monsieur passé date, oui !

— Ça, je suis d'accord avec toi, dit Étienne. Il avait très mauvaise haleine. Donc Asclé, tu lui as sauvé la vie et il t'a libérée ?

— Oui !

— Alors pourquoi veut-il te tuer aujourd'hui ? demanda Étienne.

— C'est ce qu'il faut découvrir si on veut sauver Asclé, dit Marianne.

— N'oubliez pas que si nos miroirs changent de couleur, cela indique qu'on peut sublimer le mal, faire en sorte que ces êtres deviennent meilleurs, dit Asclé.

— J'ai lu dans un livre que les esprits qui se matérialisaient comme ceux-ci ne pouvaient pas évoluer, dit Marianne. Ils étaient en quelque sorte coincés et prisonniers de notre monde.

— Pauvres petits ! Je vais pleurer ! Snif ! dit Étienne.

— C'est peut-être à nous de les en sortir ? pensa Asclé à haute voix. Doña Paz nous aurait sans doute indiqué comment les aider.

Doña Paz était une vieille Mexicaine qu'ils avaient eu la chance de rencontrer sur leur route au Mexique. C'était une femme pleine de sagesse qui avait aussi un sens de l'humour très aiguisé. Soudain, une forme blanche se matérialisa dans un coin de la chambre.

— *Qué pasa* mes enfants ?

— Doña Paz ! s'écria Asclé.

— Alors, vous vous êtes encore rétrouvés dans une missione impossiblé, dit Doña Paz.

— Pire que tout ! dit Asclé.

— Mais vos miroirs magiqués pensent qué vous pouvez changer la situatione, n'est-ce pas ?

— Peuvent-ils se tromper ? demanda Marianne.

— Les gens peuvent se tromper, mais pas lés objets voulant faire lé bien.

— Pouvez-vous nous aider ? demanda Étienne.

— C'est à vous dé jouer, mais jé peux quand même vous laisser oune indice.

— Ce serait gentil ! dit Asclé.

— Non ! Pas une devinette, dit Étienne.

— Commé c'est vous l'avocat, cetté dévinette, une fois résolue, vous serait particuliérément utile. Alors écoutez-moi bien !

Doña Paz leur remit un papier sur lequel était inscrit :

La recette de biscuits pour fantômes
La pâte :
1 œuf
2 tasses de farine
1 tasse de casssonade
Une banane
10 ml de crème
100 grammes de noix
100 grammes de pépites de chocolat

— Vous rigolez, dit Étienne. On ne va certainement pas commencer à leur cuisiner des biscuits pour qu'ils nous fichent la paix !

— Si c'est ce qu'il faut faire pour sauver notre amie, nous le ferons, dit Marianne.

— Bien sûr ! La Princesse sait cuisiner ! se moqua Étienne.

Asclé ne disait rien, elle continuait de fixer la recette. Qu'est-ce que cela voulait dire ? Asclé se sentit partir pour l'autre vie.

Revenu à Séville, Juan rencontra Torquemada à l'église pour lui faire un rapport de la situation. Juan mentit en affirmant qu'il n'avait pas réussi à attraper Asclé.

— *Nous avons fait toute la forêt, mon Père, et nous n'avons rien vu.*

Juan était agenouillé, la tête baissée de façon à ce que Torquemada ne puisse pas voir son visage. Mais Torquemada avait déjà été informé de toute l'histoire.

— *Vraiment ? répondit Torquemada. Comment se fait-il qu'une si jeune personne échappe à nos troupes. ?*

— *Le Diable doit l'y aider, mon Père, répondit Juan.*

— *Vous avez sûrement raison, dit Torquemada.*

Torquemada congédia d'un geste Juan et demanda une séance avec Paco.

Une fois sorti de l'église, Juan s'en retourna chez lui dans sa famille. Le plus jeune, Paco, qui l'accompagnait en forêt, décida de le trahir. Il se dit que ce serait une très bonne façon d'avoir une meilleure position et d'être mieux payé. Torquemada lui posa d'abord une question.

— *Étiez-vous en forêt avec eux ?*

— *Oui, mon Père !*

— *Dites-moi ce qui s'est passé et je serai généreux.*

Pendant ce temps, Asclé et Félipe s'étaient fait un abri temporaire dans les bois. Ils n'avaient pas fait de feu, simple précaution au cas où les hommes de Torquemada essaieraient à nouveau de les capturer. Félipe savourait le moment présent avec son amie.

— Si j'avais une armée, Asclé, je pourrais te protéger.

— Il aurait pu te tuer aujourd'hui, dit Asclé.

— Si je pouvais échanger ta vie contre la mienne, je le ferais. Hélas, ils sont assoiffés de sang. L'Espagne brûle d'un bout à l'autre du pays, c'est du moins ce que les rumeurs disent.

— Je n'ai peine à y croire, répondit Asclé.

— Dors cette nuit, Belle, je veillerai sur toi.

— Tu as autant besoin de sommeil que moi.

— Je suis habitué de chasser la nuit, dit Félipe.

— Crois-tu qu'ils me laisseront tranquille ?

— Je l'espère, répondit Félipe en embrassant Asclé sur le front.

Torquemada n'avait pas perdu de temps, il avait envoyé une autre équipe d'éclaireurs, et cette fois, sous la supervision de Paco. Ils partirent au petit matin dans la direction où ils avaient laissé la fille. Asclé ne devait pas être très loin. En moins d'une heure, ils avaient capturé Asclé et Félipe et étaient de retour vers *le château de Mendoza, leurs deux victimes ligotées et bâillonnées. Asclé et Félipe furent traînés dans les cachots.*

Asclé se réveilla, paniquée.

— Ils m'ont attrapée ! cria-t-elle, se débattant, les poignets couverts de sang.

— Allez me chercher un linge mouillé, ordonna Doña Paz.

Marianne revint en courant.

— Non ! criait encore Asclé, qui semblait souffrir.

— Que se passe-t-il Doña Paz ? D'habitude quand elle revient à elle, elle n'est pas comme ça.

— C'est ouna genre dé traumatismé. Ça va aller. Faités-moi confiance, dit-elle.

Doña Paz déposa sa main sur le front d'Asclé et récita des paroles.

Asclé finit par se calmer et rouvrit les yeux.

— Félipe, dit Asclé en regardant Étienne.

— Je suis désolé, mais moi c'est Étienne, je sais que c'est moins exotique, mais comme je n'ai pas choisi mon nom, eh bien …

— Asclé, nous reconnais-tu ? demanda Marianne.

— Oh, Marianne, dit Asclé. J'ai mal à la tête.

— Ça va aller, on va s'occuper de toi, dit Marianne en lui caressant les cheveux.

— Bon, alors les enfants, écoutez-moi ! Si vous réussissez à les faire mettre à table, les fantômes, je parle, dit Doña Paz en pointant Étienne, vous réussirez à sauver Asclé. Par contré, si vous échouez, ils tueront Asclé dans cette vie-ci.

— Mais oui, mettez-moi un peu plus de pression, dit Étienne, qui commençait réellement à avoir peur.

— Mais ils n'ont pas le droit ! Asclé ne peut pas mourir ! dit Marianne.

— Jé souis désolée dé vous apprendre qué nous mourons des centaines, voire des milliers dé fois. Asclé est morte plusieurs fois et sachez qué peu importe où elle sé rétrouvera dans ses autres vies, la fin est prévisible, toutes mène-ront à la mort sans exception. La seulé chosé qué vous pouvez faire, maintenant, c'est dé distancer la mort dé quelqués dizaines d'an-nées encore et dé continuer dé faire lé bien.

— Il y a quelque chose de démoralisant dans votre discours, s'exclama Étienne.

— Et pourtant qué pouvons-nous y faire ? Je né peux pas rester loin dé mon corps plus longtemps, je dois donc vous quitter. Bonné chancé avec la recette. Jé vous embrassé.

Doña Paz leur envoya un baiser soufflé et se dématérialisa dans un éclair.

— Ça alors ! dit Marianne.

Soudain, un bruit se fit entendre. Marguerite, à l'aide de cuillers de bois et de chaudrons, annonçait le souper.

— Les enfants ! À la soupe ! À la soupe, soupe, soupe...

— Elle est vraiment... comment dire ??... originale ! s'exclama Étienne.

— Ça doit être de famille, s'exclama Asclé.

Marianne ouvrit la porte de la chambre et dit à Marguerite qu'ils arrivaient.

La table était mise d'une façon parfaite ; les bougies, les serviettes de table, tout était impeccable. Les trois amis s'assirent devant un couvert. Il ne restait que Marguerite, et pourtant il y avait un couvert de plus.

— C'est sûrement pour notre ami le fantôme, railla Étienne.

— Tais-toi ! marmonna Marianne.

Marguerite arriva avec les plats et avec un compagnon.

— Je vous présente Miguel, dit Marguerite. Asclé a fait sa connaissance très rapidement, car elle a eu un malaise.

Les trois camarades restèrent figés, la fourchette immobile à un millimètre de leurs lèvres, leur visage déformé par la surprise. Que faisait-il ici ?

— Jé souis ravi dé faire votré connaissance. Surtout toi, Asclé, ta tante m'a tant parlé dé toi.

Asclé fut incapable de dire un mot. Les poils de ses bras se hérissèrent. Il n'était pas du tout ravi. C'est Marianne qui réussit à les sortir de la torpeur.

— Alors vous êtes allergique ? demanda-t-elle juste au bon moment.

Tout le monde parut surpris de la question.

— Jé né lé savais pas avant aujourd'houi, dit Miguel.

— Vilaines piqûres d'abeilles ! dit Marguerite en mâchant son bifteck.

— Et vous avez quel âge ? Plus de 500 ans ? demanda naïvement Étienne en mâchouillant un morceau de viande coriace.

— Pardone ? demanda Miguel.

— C'est une question qui ne se pose pas vraiment, Étienne, le réprimanda Marguerite.

— Je suis désolé, répondit Étienne, qui ne voulait pas s'attirer les foudres de la tante d'Asclé.

— Miguel est un ami, déclara Marguerite.

— Et vous aimez les biscuits ? demanda Étienne.

— Oui, j'aimé bien.

Asclé jeta un œil à Étienne pour qu'il arrête. Étienne comprit le message.

— Si j'ai invité Miguel, les enfants, c'est pour qu'il vous raconte l'histoire de ce château. Miguel a étudié l'histoire de l'Inquisition.

— Au fait, qu'est-ce exactement que l'Inquisition ? demanda Asclé, qui voulait détendre l'atmosphère.

— Bonné questione ! L'Inquisitione espagnole était oune tribounal instauré par l'Église pour juger les gens qui né respectaient pas les directives dé l'Église catholique ou qui vouaient une culte à une autre dieu. L'Inquisitione avait lé droit dé les juger et dé les condamner.

— C'est effrayant! s'exclama Marianne.

— L'Inquisitione espagnole a commencé en 1480. Uné démandé avait été adressée au Pape par la reine Isabelle de Castille et par lé roi Ferdinand lé catholique. L'Inquisitione ayant pris uné telle ampleur, on nomma Thomàs de Torquemada en 1483 comme Grand Inquisiteur. Il instaura des tribunaux dans toutes les grandés villes d'Espagne, si bien qué l'on lui attriboue environ 9 000 condamnations la ploupart par lé supplice dou feu, ou si vous voulez par lé bûcher.

— C'est incroyable! dit Asclé.

— Lé plous incroyable, c'est qué son nom veut dire « tour brûlée », il était vraiment prédestiné, rajouta Miguel.

— Mais le château dans tout cela? demanda Étienne.

— Oui, lé château! Torquemada brûlait bon nombre dé gens, mais il y avait aussi ceux qui écopaient dé peines d'emprisonnement à vie. Et pour éviter qué les prisonniers né leur coûtent trop cher, ils les faisaient exercer leur métier dans leur cellule et revendaient les produits pour enrichir l'Église. Ces prisonniers né ressortaient jamais dé leur cachot sauf à leur mort. Cé château a servi de tribounal et de centre pénitencier. Et qui dit tribounal dit tortoure.

Une lueur cruelle brilla dans l'œil de Miguel.

— À la fin du repas, Miguel va se faire un plaisir d'aller vous faire visiter les cachots, dit Marguerite. Car moi, je devrai partir pour mon rendez-vous.

Asclé regarda Marianne et Étienne. Ils avaient changé de couleur, ils étaient d'un blanc laiteux à faire peur. Ils allaient rester tout seuls avec Miguel dans les cachots du château.

— Jé crois qu'il reste encore des instruments dé tortoure. Jé pourrai vous expliquer comment on s'en servait, dit Miguel.

— C'est que nous sommes très fatigués et nous retournons travailler demain de très bonne heure, dit Asclé, qui essayait de le dissuader de faire sa visite guidée.

— Si vous voulez les enfants, vous pourrez dormir demain matin, je pourrais venir vous chercher après le dîner, qu'en pensez-vous ? dit Marguerite.

— Nous avons vraiment adoré notre première journée et nous ne voudrions pas rater notre deuxième journée, dit Asclé en joignant les mains, espérant que sa tactique fonctionne.

— Bon, je dois vous quitter ! Mais c'est d'accord, je viendrai vous chercher vers dix heures, je crois que c'est un bon compromis, expliqua Marguerite.

Le silence était lourd dans la salle à dîner. Chacun picorait dans son assiette et personne n'osait lever les yeux vers Miguel. Miguel finit par parler.

— Eh bien, vous m'avez l'air d'avoir fini votré repas. Allons faire une peu d'histoire au sous-sol.

— Je pourrais faire la vaisselle, insista Marianne.

— Nous la férons plous tard, répondit Miguel. Descendons !

Miguel parlait d'un ton autoritaire. Quelles étaient ses intentions ? Voulait-il les tuer ou voulait-il vraiment les renseigner sur l'Inquisition ?

Aussitôt que Miguel sortit de la salle à dîner, les assiettes se soulevèrent dans les airs et filèrent dans la cuisine.

— C'est pratique finalement quelques fantômes, ça vaut bien un lave-vaisselle, dit Étienne.

— Je préfère le lave-vaisselle, répliqua Marianne.

— Je n'aime pas ça ! dit Asclé.

— Tu n'aimes pas le lave-vaisselle ? Qu'as-tu contre le lave-vaisselle ? questionna Étienne.

— Idiot ! Elle ne parle pas du lave-vaisselle, elle parle de la visite guidée des cachots.

— Du calme Princesse, j'avais compris, je tentais seulement de détendre l'atmosphère, que je sens un peu tendue.

Les trois amis rencontrèrent Miguel à l'entrée.

— Avez-vous fait un tour à la bibliothèque ?

— Vous parlez ! On a lu tous les livres, dit Étienne.

— Il n'est pas sérieux, dit Marianne.

— Vous avez rémarqué que lé seul livre qui s'y trouve est oune volume du *Malleus maleficarum* ? En français, on l'appelle Le Marteau des sorcières.

— Le Marteau des sorcières ! Oui, bizarre !
dit Asclé.

— À l'époque, cé livre était considéré
commé la bible dé l'Inquisitione.

— Vous n'avez pas idée comme il est encore
très populaire de nos jours, se moqua Étienne.

Miguel ne parut pas surpris des moque-
ries d'Étienne. Il se dirigea vers la porte menant
aux cachots. Le cœur de Marianne se tordit
comme un vieux linge. Elle n'avait pas vraiment envie d'entendre des histoires de supplices
qu'avaient endurés de pauvres femmes. Étienne
réfléchissait au procès qui aurait lieu ce soir et
à la recette de biscuits pour fantômes. Asclé,
quant à elle, essayait d'élucider le mystère de
Miguel.

— Par ici, il vaudrait mieux biene mé suivre
pour né pas vous perdre. Je né voudrais pas
qu'il vous arrive malheur. Qué dirait votré
tante ?

— Elle dirait : « Les chanceux ! Ils sont
perdus dans un magnifique château », dit
Étienne, imitant la voix de Marguerite.

Cette réplique fit sourire Asclé et Marianne,
mais n'enleva pas complètement les nœuds

dans le ventre de ceux qui descendaient vers les cachots obscurs.

LES TORTURES

*« Quand l'homme faible et qui redoute
la contagion du malheur,
nous laisse seul sur notre route,
face à face avec la douleur. »*
Alphonse de Lamartine, *Une larme*

L'air frais et humide de la cave les fit frissonner. Miguel alluma des chandeliers qui étaient fixés au mur de pierres. À ce moment, des dizaines de coquerelles se faufilèrent sous les portes pour fuir la lumière. Marianne, apeurée et dégoûtée, attrapa Étienne par la taille. Étienne ne dit rien. Asclé regardait leurs ombres se projeter sur les parois froides. Miguel emprunta un long corridor. Asclé semblait entendre résonner les cris oubliés des suppliciés. Devant eux s'alignait une série de portes faites de bois et de métal.

— Nous y voilà ! dit Miguel, sortant des clés de ses poches.

— Pourquoi les cachots sont-ils encore fermés à clé ? demanda Asclé.

— C'est bien simple, oune système dé verrouillage complexe est déclenché dès qué les portes sé referment. Vous né voudriez pas être pris au piège ici, n'est-ce pas ?

— Je n'aimerais pas ça, répondit Marianne.

— Et toi, señor Étienne, ça té dirait ?

— Pas vraiment, non.

— Alors commençons par le cachot où l'on faisait l'interrogatoire.

La porte s'ouvrit sur une cellule de grandeur moyenne. Il y avait quelques sièges disposés à droite.

— Entrez les enfants ! dit Miguel en pénétrant à l'intérieur de la pièce.

Marianne laissa la taille d'Étienne pour s'accrocher à Asclé et garda les yeux fermés. Asclé regarda sur le mur de gauche. Les instruments de torture étaient alignés, intacts comme au temps de l'Inquisition. Parmi ceux-ci trônait un siège à clous.

— Prenez place, chers enfants, ordonna Miguel.

Marianne faillit trébucher, car elle avait encore les yeux fermés. Asclé la dirigea vers un siège de velours et s'assit à côté d'elle.

— Courage, lui souffla-t-elle.

— Du courage ! Oui, c'est exactement cé qué ça prenait pour endourer les souffrances

qué les bourreaux imposaient aux condamnés.

— Comme je vois, dit Étienne, il y avait
des invités. C'est à ça que servaient les sièges
sur lesquels nous sommes assis.

— Oui, il y avait quelquéfois lé Grand
Inquisiteur Thomàs de Torquemada lui-même
ou encore son soubstitout et quelqués
personnes du conseil, mandatés pour assister
aux aveux des souppliciés.

— Mais comment peut-on parler d'aveux ?
Ils étaient sous la torture ! Ils devaient avouer
n'importe quoi, s'indigna Asclé.

— Bien entendou qué ça facilitait la tâche
dou jury, mais il y a eu des hommes et des
femmes qui ont réussi à endourer toutes ces
tortoures sans jamais rien avouer.

— Ont-ils été libérés alors ? demanda Asclé.

— Pas du tout ! Non, car on pensait qué
seul Satan loui-même pouvait endourer dé
telles souffrances sans rien dire, alors on les
brûlait commé les autres qui avaient avoué
des faussetés.

— Comment pouvait-on s'en sortir alors ?
demanda Marianne.

— On né s'en sortait pas, on pouvait, tout au plous, espérer qué les heurés de tortoure ne s'éternisent pas, rajouta Miguel.

— Mais comment faisaient-ils pour ne pas les tuer en leur faisant subir de telles tortures? demanda Étienne.

— Plousieurs personnes mouraient malgré la précautione d'avoir oune médecin à côté dou bourreau pour vérifier l'état général dé la victime, expliqua Miguel. Chaqué sévice était répété plousieurs fois. Ensuite, on démandait à la victime d'avouer, et même si la victime avouait, on passait à oune autre soupplice.

Miguel décrocha le fouet et le fit claquer sur le mur. Les trois amis reculèrent dans le fond de leur siège en entendant le son strident que produisit le coup. Le fouet était constitué d'un manche de bois et de plusieurs languettes de cuir.

— La flagellation était appliquée dans pres-qué tous les cas. Elle était particoulièrement outilisée pour les femmes. On les déshabillait et on les fouettait jusqu'à cé qué des morceaux dé chair sé détachent dé leur corps et qu'elles perdent connaissance.

Étienne surveilla Marianne du coin de l'œil. Il redoutait qu'elle perde connaissance. Il n'entendit pas Miguel qui s'approcha de lui.

— Veux-tu l'essayer ? demanda Miguel à Étienne, qui sursauta.

— Pas particulièrement !

— Ha ! Ha ! Ha !

Miguel se mit à rire d'une drôle de manière. Asclé n'aimait pas la tournure que prenaient les évènements. Miguel remit le fouet à sa place et il s'empara des fers. Les fers étaient des tiges de métal.

— Voici des fers chauffés à blanc. On mettait lé fer dans lé brasier et ensuite on l'appliquait à différents endroits sour lé corps dé la personne attachée. C'est uné drôle d'odeur qué celle dé la chair qui broûle. Croyez-moi !

Asclé pensa que c'était une chance qu'il n'y ait pas de feu dans l'âtre. Miguel s'approcha d'Asclé, les fers devant lui. Étienne se leva et s'interposa.

— Que voulez-vous faire ? questionna Étienne.

— Calme-toi jeune homme, jé té sens tendou, répliqua Miguel, qui changea de voix.

— Je me calmerai quand vous aurez remis les fers au mur, dit Étienne d'un ton assuré que les filles ne lui connaissaient pas.

— Pensés-tu qué j'ai peur dé toi ? dit Miguel.

— Je pense que vous devriez avoir peur de moi, je suis ceinture noire au judo, dit Étienne, qui mentait.

Les filles avaient les yeux grands ouverts, craignant qu'une bagarre éclate. Étienne se ferait écraser comme un vulgaire scarabée. Asclé prit la parole.

— Étienne, ça va aller. Tu devrais t'asseoir.

Une force venue de nulle part le fit s'asseoir et en moins de deux, Étienne fut attaché au siège d'où il s'était levé. La physionomie de Miguel changea, il semblait complètement possédé par un esprit malin, l'esprit de Juan. Le regard qu'il jeta à Asclé n'avait rien de rassurant. Marianne fut elle aussi attachée sur sa chaise. Seule Asclé semblait libre, mais pour combien de temps ? Une cape de bourreau apparut sur les épaules de Miguel.

LE PROCÈS

« *Loin du monde railleur, loin de la foule impure,*
Loin des magistrats curieux.
Dors en paix ! Dors en paix, étrange créature
dans ton tombeau mystérieux. »
Charles Baudelaire, *Une martyre*

— Qu'est-ce que vous faites ? demanda Étienne.

— Lé procès va commencer, dit Miguel.

— Je m'oppose, cria Étienne. Le procès devait commencer à minuit.

— Il est minouit, dit Miguel d'une voix à faire grincer des dents.

Soudain, une horloge sonna les douze coups de minuit.

— Pas déjà, dit Marianne.

Ils n'avaient pas vu les heures filer. Une dizaine de fantômes prirent place sur les sièges à côté de Marianne et Étienne. Les entités se mirent à chuchoter entre elles. Soudain, l'entité d'un moine portant une grande robe entra dans la pièce. Tous se turent. Le moine prit la parole.

— En tant que Grand Inquisiteur, je déclare le procès ouvert. Asclé! Levez-vous! dit l'esprit de Torquemada. Vous êtes accusée d'avoir tué Juan De Cortez ici présent. D'avoir tué deux vaches à poils roux de la señora Martinez, d'avoir rendu infirme un enfant du señor Dali, d'avoir permis à la peste d'envahir les villages voisins et finalement d'avoir couché avec Satan. Qu'avez-vous à dire pour votre défense?

— Je… euh? Asclé se sentit perdre connaissance et se retrouva devant une assemblée semblable à celle-ci, en l'an de grâce 1483.

Asclé avait été séparée de Félipe à son arrivée au château de Mendoza. On les avait enfermés dans des cachots différents. Les murs des cachots étaient si épais qu'il n'y avait aucune communication possible. Comment avait-elle été aussi stupide de penser qu'il la laisserait libre? Félipe et elle auraient dû s'enfuir très loin, mais de toute façon, à pied, ils n'auraient parcouru que très peu de kilomètres comparativement à ceux qui les pourchassaient à cheval.

Peu de temps après son arrivée, Asclé fut conduite dans une salle où plusieurs personnes se tenaient debout. On l'obligea à boire de l'eau bénite.

— Qu'as-tu à dire pour ta défense ? demanda Torquemada, le Grand Inquisiteur.

— De quoi parlez-vous ? demanda Asclé.

— De la mort de Juan De Cortez.

— Je ne savais pas qu'il était mort, se défendit Asclé.

— Bien sûr que si, des témoins t'ont vue le frotter avec des plantes maléfiques.

— Je suis innocente, je n'ai pas tué Juan De Cortez, je l'ai guéri !

— Tu possèdes donc des pouvoirs magiques ?

— Non, j'ai appliqué des feuilles de plantain pour le soulager et j'ai retiré le dard de l'abeille avec une aiguille d'aubépine.

— Le Diable te fournit donc des formules magiques ? insista Torquemada.

— Ce n'est pas le Diable, c'est ma mère qui m'a appris à soigner les gens.

Un bruit de discussion s'éleva dans la salle. Le notaire, le juge et les autres témoins conversaient entre eux.

— Donc, tu reconnais la sorcière de Séville comme ta mère ?

— Ma mère n'était pas une sorcière ! Elle soignait les gens et aidait les femmes à mettre leur enfant au monde.

— Señores de l'assistance, il faut savoir que nous avons brûlé vive cette sorcière qui se donnait corps et âme à Satan. Tout porte à croire que sa fille Asclé est aussi la servante, voire la maîtresse de Satan. Car comme vous le savez, qui honore un hérétique est considéré comme un hérétique.

— Ce n'est pas vrai ! cria Asclé.

— Alors quel dieu adores-tu ?

Asclé sembla hésitante. Elle n'était jamais allée à l'église et elle n'avait jamais reçu aucun sacrement. Pourtant, sa mère et elle remerciaient la vie pour tout ce qu'elle leur apportait et respectaient la vie pour ce qu'elle était.

— Le même dieu que vous tous !

Tous se signèrent et s'agenouillèrent. Un bruit de mécontentement s'éleva du cachot.

— Comment peux-tu prétendre adorer le Seigneur ? Personne ne t'a jamais vue mettre les pieds dans une église.

— Le Seigneur est partout, alors pourquoi doit-on le prier simplement à l'église ?

— Seul Satan et ses disciples craignent de mettre les pieds dans un endroit sacré, rétorqua Torquemada.

— Je ne crains pas les églises, je crains ceux qui les habitent.

Cette fois, des protestations s'élevèrent de l'assemblée. Torquemada tenta de calmer les gens.

— De quelle façon Satan est-il entré en contact avec toi ?

— Je ne connais pas Satan.

— Tu mens ! Tu l'as séduit ! cria Torquemada.

— Vous, mon Père, vous mentez, dit Asclé, la tête haute. Dites-moi, comment Juan est-il mort ?

— Il est mort par ta faute. Tu lui as jeté un sort.

— Non, je ne lui ai pas jeté de sort et il n'est pas mort en forêt.

Le médecin qui se tenait près du bourreau parla :

— Juan est mort empoisonné.

— Et c'est toi qui l'as empoisonné et qui l'as tué, mais sois sans crainte, tu avoueras, dit méchamment Torquemada.

Il y eut une délibération qui ne dura pas plus de dix minutes. Après quoi, le juge prit la parole.

— *Nous, juge et assesseurs, regardant et considérant les détails du procès mené par nous contre toi, Asclé, après examen attentif de toutes choses, nous avons trouvé que tu étais incertaine dans tes aveux. Ainsi tu dis avoir soigné par des plantes Juan, mais tu ne reconnais pas sa mort. Il y a des indices qui nous paraissent suffisants pour que tu sois mise à la question et à la torture. Aussi, pour que la vérité puisse sortir de ta bouche, nous déclarons, jugeons et décidons qu'ici et maintenant tu seras soumise à la question et à la torture.*

— *Bourreau ! Commencez ! cria Torquemada avant qu'Asclé n'ait pu s'expliquer.*

Le bourreau saisit Asclé et l'attacha à une table. Ensuite, il lui montra tous les instruments avec lesquels il réussirait à lui soutirer les aveux. Dans la salle, il y avait un avocat pour prendre la défense d'Asclé, mais qui, en réalité, n'avait pas de pouvoir réel sur le sort de la jeune fille. Il essaya quand même de s'interposer.

— *Señores, je crois que les tortures ne sont pas nécessaires. Je pense qu'en vertu de la loi qui permet de brûler la fille d'une sorcière, nous pourrions abréger ses souffrances en la pendant* avant de l'envoyer au bûcher, ce serait déjà un bon exemple.

— N'ayez crainte, maître, nous commencerons par des tortures décentes sans effusion de sang, répondit Torquemada.

Deux ou trois personnes dans l'assemblée se montrèrent favorables à la demande. Malheureusement, ce n'était pas la majorité du conseil et la demande de l'avocat fut refusée. Par ailleurs, les gens rassemblés craignaient Torquemada. Il n'était donc pas question de se le mettre à dos. Paco, qui avait été voir Torquemada pour trahir Juan, ne tenait pas du tout à donner de chance à la fille de s'en sortir. Elle pourrait découvrir que Torquemada avait fait empoisonner Juan pour pouvoir la saisir et l'accuser. Il perdrait alors ses privilèges. Torquemada reprit la parole en faisant semblant d'être plus doux et plus compatissant :

— Señores, je propose qu'on suive la procédure et qu'on fasse venir le piqueur et s'il ne trouve aucune trace du Diable sur le corps de la jeune fille, eh bien soit, elle sera libre. J'en fais la promesse.

Chacun applaudit ce geste de générosité, mais en fait c'était une ruse de Torquemada.

Personne jusqu'à maintenant n'avait réussi à se sortir des griffes du piqueur sans qu'on le soupçonne, alors ce n'était pas un gros risque d'avoir dit qu'il la libérerait. Des femmes furent appelées afin de venir chercher Asclé pour aller la dépouiller de ses vêtements dans la cellule d'à côté. Elles la ramenèrent nue et vulnérable, et tout le monde, bourreau, membres du conseil et accusée, attendit le piqueur.

LE PIQUEUR

« *Ruse. Ce qui tient lieu de cervelle aux imbéciles.* »
Ambrose Bierce, *Le dictionnaire du Diable*

Pendant qu'on attendait le piqueur, on banda les yeux à Asclé. On fit faire un feu dans l'âtre et on chauffa les fers à blanc. Pour se donner du courage et pour ne pas se mettre à hurler de rage et de peur, Asclé pensa à sa mère et à tous les beaux moments qu'elles avaient passés ensemble ; la cueillette de fruits en forêt, les premiers accouchements, la préparation des pommades et les histoires que sa mère lui racontait pour la faire rêver de beaux princes et de chevaliers. Elle pensa à Félipe, à qui on ferait sûrement subir les mêmes atrocités. Elle le trouvait courageux d'avoir pris sa défense en sachant qu'il n'avait aucune chance contre l'Inquisition et qu'il serait accusé lui aussi. Il n'avait même pas montré sa peur. Asclé, elle, avait peur, très peur. Elle tremblait tellement qu'elle avait fait dans sa culotte. Elle n'avait pas du tout empoisonné Juan, c'était donc un coup monté. Ils avaient déjà tué un homme pour pouvoir l'avoir, elle.

Asclé entendit la porte du cachot s'ouvrir, et sentit quelqu'un s'approcher, mais ne vit pas le piqueur s'avancer vers elle puisqu'elle avait un bandeau sur les yeux. L'homme se plaça à côté de la table où elle était attachée et ouvrit sa sacoche de cuir. À l'intérieur, il y avait une quantité incroyable d'instruments pointus, des aiguilles de différentes grosseurs et de différentes grandeurs. Quand il eut déposé ses aiguilles à côté de lui, il ordonna au bourreau :

— Qu'on rase l'accusée !

Des murmures dans l'assemblée se firent entendre. Le bourreau s'empara des fers déposés dans le brasier et approcha le métal de la tête d'Asclé. Aussitôt, ses cheveux prirent feu. Asclé hurla comme un animal qu'on abat. Le bourreau éteignit le feu avec un linge mouillé avant de recommencer l'opération sous un bras et ainsi de suite jusqu'à ce que sa tête et son corps deviennent imberbes[18].

Le médecin qui assistait au supplice prenait soin de prendre le pouls de l'accusée et de la réanimer avant que l'on recommence la torture aux autres endroits. Pour continuer les sévices, une fois le crâne rasé on y versa de la cire chaude. Asclé se mit à hurler. Après les sévices reçus,

---

[18] Sans poils.

Asclé avait le corps en entier qui tremblait, elle ne pouvait plus se contrôler. Le piqueur se mit à la recherche d'une tache ayant une forme particulière ou encore d'un grain de beauté bizarre. Il piquait la moindre place pour trouver la tache ou le grain de beauté insensible qui indiquerait la marque du Diable. Car, comme tout le monde le pensait à l'époque, Satan buvait le sang de ses sorcières et y laissait sa marque sur leur peau.

Après avoir piqué durant plus d'une demi-heure sa victime, il trouva enfin l'endroit sur la cuisse gauche, dans l'entrejambe. Le médecin s'assura que la jeune fille n'était pas inconsciente. Asclé sentait très bien l'aiguille s'enfoncer dans sa cuisse, mais elle flottait au-dessus d'elle et regardait son corps meurtri, abandonné à la cruauté de ses bourreaux. Le piqueur rangea ses aiguilles dans son sac et dit à l'assemblée:

— Après examen de l'accusée, j'affirme que cette jeune fille est bel et bien une fille de Satan. Satan s'abreuve à même ce naevus[19] de l'entrejambe.

Un murmure encore plus fort s'éleva dans le cachot.

---

[19] Tache ou bosse recouverte de poils, rose ou noire, présente sur la peau.

— Señores, tout comme vous, je suis affligé, mentit Torquemada. Encore une brebis égarée, que nous devrons purifier par le feu. En espérant que, de cette façon, elle rejoigne le Bon Dieu qu'est le Père. Mais avant, comme c'est la règle, nous allons interroger l'accusée. Torquemada alla prendre place sur un siège. Il fit signe au bourreau de commencer. Le bourreau prit le pied d'Asclé, lui coinça la cheville dans un étau et serra les brodequins pendant que Torquemada commençait avec ses questions.

— Dites-moi Asclé, de quelle manière les sorcières se livrent-elles aux démons ?

L'EMPOISONNEMENT

« Le pré est vénéneux mais joli en automne
Les vaches y paissant
Lentement s'empoisonnent… »
Apollinaire, *Alcool*

Quand Asclé revint à elle, elle était ligotée à une table. Attachés sur les chaises, Marianne et Étienne la regardaient, apeurés. Asclé essaya de retrouver son calme. Ses vêtements étaient en lambeaux. Elle reconnut les esprits. C'étaient les mêmes personnes qui avaient assisté à son interrogatoire dans son autre vie. Asclé sentit son miroir magique sur sa poitrine. Il était censé la protéger. Allait-il vraiment être efficace ? Comment réussiraient-ils à se sortir de là ? Son bourreau se tenait à côté d'elle et lui tournait le dos. Quand il se retourna, Asclé aperçut Miguel sous la cape, mais elle sentait qu'il était habité par l'esprit de Juan. Il fallait qu'il sache la vérité. Asclé comprenait pourquoi il lui en voulait : on lui avait fait croire qu'elle l'avait empoisonné.

— Étienne ! As-tu la devinette de la recette de biscuits pour fantômes ?

— Oui, mais elle est dans mes poches.

— Je crois que je l'ai résolue. Les lettres en gras forment un mot et je pense connaître ce mot.

— Désolé de ne pas pouvoir sortir le papier de mes poches, mes mains sont attachées.

— Ça n'a pas d'importance !

— Ça dépend pour qui, répondit Étienne.

— Je te parle de la devinette. Juan a été empoisonné. Je suis persuadée que le mot est « empoisonnement ». Il faut convaincre Juan que Torquemada l'a empoisonné. Je ne sais pas comment le lui dire. C'est toi mon avocat. Tu dois intervenir.

— Je veux bien, dit Étienne, mais s'ils m'ont attaché, je doute qu'ils prennent mon plaidoyer au sérieux. Essaie de leur dire la vérité !

Étienne avait raison, elle devait essayer de leur dire la vérité, mais la croiraient-ils ? Il fallait trouver une preuve irréfutable de son innocence, sinon, comme Doña Paz l'avait dit, elle mourrait dans cette vie-ci sous leurs mains meurtrières.

— Écoutez-moi tous, je vous jure que je suis innocente. Écoutez-moi, on a empoisonné Juan après que je l'eus soigné. Je ne suis pas responsable, dit Asclé.

— Pourquoi vous croirais-je? répliqua Miguel, qui était possédé de l'esprit de Juan. Après tout, j'avais tué votre mère, vous vouliez sans doute vous venger.

Le spectre de Torquemada demanda:

— Qu'on appelle le piqueur!

— Non, pas ça! cria Asclé. Étienne, fais quelque chose!

— Objection! Les tortures sont défendues au titre des droits humains.

— Bien essayé Étienne, dit Marianne. Mais à ta place, je trouverais une autre idée.

— Eh bien, justement Princesse, ce serait bien si tu m'aidais à trouver une autre idée.

Marianne se pencha à l'oreille d'Étienne pour lui parler.

— On ne perd rien d'essayer, dit Étienne. Messieurs les fantômes de l'assemblée, j'aurais une faveur à vous demander. Comme il n'y a aucune charge contre Marianne et que c'est une petite nature, je vous demanderais de la laisser partir. Elle ne supportera pas de voir son amie souffrir et elle risque de s'évanouir et de vous donner bien des problèmes. Pensez-y! De toute façon, elle ne peut pas s'échapper.

Contre toute attente, Miguel hanté par Juan ainsi que l'esprit de Torquemada donnèrent leur accord. Marianne fut libérée et courut hors des cachots. Elle tourna en rond pendant plusieurs minutes.

«Je ne peux pas me perdre!» pensa Marianne, angoissée. «Concentre-toi!» se dit-elle. Elle revint sur ses pas. Une idée germa dans sa tête. Elle fouilla dans ses poches et en sortit un crayon à maquillage. Elle fit une ligne sur le mur de telle façon qu'aux intersections elle pourrait voir le chemin qu'elle avait déjà parcouru. Elle réussit par chance à trouver la porte qui menait vers l'entrée. Elle avait pensé avoir l'idée du siècle, mais maintenant elle ne savait plus comment s'y prendre. Marianne maudissait le service aérien. Elle n'avait toujours pas reçu sa valise, aussi elle courut dans la chambre d'Asclé enfiler des vêtements supplémentaires et un chapeau. Elle s'enduit le corps de chasse-moustiques et descendit à vive allure jusqu'à la cuisine. Elle fouilla dans l'armoire et réussit à trouver un pot de confiture, un bocal avec un couvercle et des mitaines de four.

Pendant ce temps dans le cachot, Étienne tentait de gagner du temps.

— Messieurs les spectres et autres revenants non identifiables, en attendant le piqueur, je peux vous conter une petite blague. C'est l'histoire d'un fantôme et d'un vampire qui attendent au bord d'un chemin désert. Le fantôme dit au vampire : « J'attends le Vaisseau fantôme, vous aussi ? » et le vampire de dire : « Non, moi, j'attends plutôt le Vaisseau sanguin ! »

Personne ne rit. Asclé regarda Étienne avec désespoir.

— Moi, je la trouve drôle, dit Étienne en se forçant pour rire. Ah ! Ah ! Ah ! Bon ce n'est pas grave, j'en ai une autre : Deux enfants s'approchent d'un château hanté. Ils demandent à un passant : « On dit qu'il y a des fantômes ici ? » et le passant de répondre : « Je n'en ai jamais entendu parler et pourtant, ça fait trois cents ans que je passe devant ce château ! » Ah ! Ah !

Tout à coup, la porte du cachot s'ouvrit, laissant entrer l'esprit du piqueur. Malgré le fait qu'il soit un fantôme, ses aiguilles avaient l'air bien réelles.

Marianne courait sur le sentier menant à la grille. Elle était certaine de ne pas avoir rêvé, elle avait bien vu des ruches. Elle détestait les abeilles, mais qu'est-ce qu'elle ne ferait pas pour sauver son amie? Elle ouvrit le pot de confiture et le déposa à côté de la ruche. Quelques instants plus tard, trois abeilles se déposaient sur le pot. Il fallait maintenant essayer de les capturer. Marianne respira profondément. Elle avait lu quelque part que les abeilles ressentaient le stress et que les apiculteurs devaient être calmes s'ils voulaient éviter de trop se faire piquer. Elle enfila les mitaines de four et attrapa doucement le pot de confiture, le déposa dans le contenant et réussit à fermer le couvercle. Elle devait se dépêcher, elle avait assez perdu de temps. Marianne se mit à courir jusqu'au château.

Au château, Étienne désespérait. Il était toujours attaché et regardait, impuissant, les aiguilles se placer les unes à côté des autres. Le bruit du feu s'allumant dans l'âtre le fit sursauter. Miguel y déposa les fers. Asclé regarda son miroir magique, qui commençait à changer de couleur. Quelque chose était sur le point de se produire. Asclé pensa à sa mère. Elle aurait aimé être dans ses bras. Au moment où le piqueur cria : « Qu'on la rase ! » Marianne dévala le corridor. Entendant du bruit, Miguel se dirigea vers la porte et l'ouvrit. Marianne entra en collision avec lui. Le pot contenant les abeilles et la confiture tomba par terre. Les abeilles, libres et furieuses, allèrent piquer Miguel. Quelques secondes plus tard, Miguel entra en convulsions. L'esprit de Juan se retira du corps de Miguel. Asclé comprit que c'était à elle de jouer.

— Détachez-moi et je le soignerai !

Les esprits discutaient entre eux. Certains étaient d'accord et d'autres ne l'étaient pas. Une discussion suivit. Comme personne n'avait l'air de se soucier d'eux, Marianne libéra Asclé et Étienne.

— Bien joué Princesse !

— Merci ! Maintenant, Asclé, c'est à toi de jouer.

— Que diriez-vous d'aller jouer ailleurs, loin des cachots, leur offrit Asclé.

— J'en serais ravi, dit Étienne, appuyé par Marianne.

— Transportons Miguel dehors. Je suis certaine de pouvoir trouver du plantain autour du château. C'est une plante très commune.

Mais lorsque Étienne prit Miguel sur ses épaules, les esprits s'interposèrent.

— Prends les clés, Asclé, et filons ! dit Étienne, qui trouvait cet homme lourd.

Asclé ramassa une aiguille du piqueur et déverrouilla la porte du cachot. Les trois amis furent poursuivis dans les corridors par les entités, fâchées d'avoir été interrompues dans leur procès.

— Dépêche-toi ! cria Marianne.

— J'aimerais bien t'y voir, Princesse, avec cette poche de patates sur l'épaule !

— Par ici, cria Asclé, qui courait vers l'entrée.

La porte du château se verrouilla et tous furent faits prisonniers. Miguel se mit à émettre de petits sifflements, signe évident qu'il commençait à manquer d'air. Asclé fit face à la dizaine de fantômes qui les entouraient.

— Écoutez-moi, si je ne le soigne pas immédiatement, il mourra. Je le soignerai tout comme je vous ai soigné, il y a de cela bien longtemps, dit Asclé à l'esprit de Juan.

— Tu m'as empoisonné !

L'entité de Paco s'approcha d'Asclé et de l'esprit de Juan.

— Elle dit la vérité. C'est moi qui t'ai dénoncé et c'est Torquemada qui t'a fait empoisonner. Si je le dis aujourd'hui, c'est que je suis exténué d'errer dans ce château. Je rêve d'une vie meilleure.

— Alors je vous promets de voir ce que nous pouvons faire pour vous, dit Asclé, mais pour l'amour de Dieu, ouvrez-nous les portes de ce château !

Au bout de quelques instants, les portes se déverrouillèrent et les trois compagnons se précipitèrent à l'extérieur. Asclé trouva rapidement du plantain et le mit dans sa bouche comme elle l'avait fait dans l'autre vie. Elle prit l'aiguille et enleva les aiguillons des abeilles. Ensuite, elle étendit la pâte sur les piqûres de Miguel, qui, après quelques minutes, sembla prendre du mieux. Ses convulsions cessèrent et il se mit à respirer normalement. Quand il ouvrit les yeux, il fut surpris de se trouver couché par terre devant les escaliers du château.

— Mais qu'est-cé qué jé fais ici ? demanda-t-il aux jeunes.

— Vous vous êtes fait piquer par des abeilles, répondit Marianne.

— Et Asclé vous a sauvé la vie, renchérit Étienne.

Miguel s'assit en se grattant la tête.

— Jé mé sens encore oune peu étourdi, dit-il. Comment sé fait-il qué jé porte cette cape ?

— Vous ne vous rappelez pas être descendu dans les cachots avec nous ? questionna Asclé.

— La dernière chose qué jé mé rappelle, c'est lé souper avec vous et Marguerite, mais après… plous rien. Jé mé ramasse ici par terre, confus, avec oune sacré mal dé tête.

— Eh bien ça alors ! dit Étienne, un peu sceptique.

— Je crois qu'il dit vrai, répliqua Asclé.

— Pouvons-nous rentrer maintenant ? demanda Miguel.

Étienne et Marianne regardèrent Asclé.

— Eh bien, rentrons ! dit-elle courageusement.

— Pourquoi semblez-vous avoir peur dé rentrer ? demanda Miguel.

— Croyez-vous aux fantômes ? demanda Étienne.

— Pas vraiment, jé crois qué cé sont dés bonnes histoires pour faire peur aux enfants.

— Ah ! Ah ! Alors nous allons voir si vous avez gardé votre cœur d'enfant, dit Marianne, qui sourit avec complicité à Étienne pour la première fois depuis le début du voyage.

LES ÂMES ERRANTES

*« Elle se raidit de toutes ses forces
comme si les puissances maléfiques
de son voyage insensé, alertées de nouveau,
l'attaquaient soudain en masse
avec un acharnement accru. »*
Anne Hébert, *Le torrent*

Comme Asclé s'y attendait, toutes les entités étaient réunies dans l'entrée. Elles flottaient dans les airs. C'était vraiment un spectacle surnaturel. Elles semblaient attendre quelque chose. Il était déjà trois heures du matin.

— Nous voici ! dit Asclé. Nous vous avions promis de revenir ! Que pouvons-nous faire pour vous ?

L'entité qui lui avait servi d'avocat s'avança près d'elle.

— Nous sommes des âmes errantes sans autre but dans la vie que d'apeurer les visiteurs de ce château.

— Dans la mort, vous voulez dire ! se moqua Étienne.

L'entité regarda Étienne et ne comprit pas la blague.

— Cette mort, pour vous, c'est notre vie à nous, mais nous sommes las et tristes. Nous voulons nous repentir et faire le bien nous aussi.

— Mais comment puis-je vous aider ? demanda Asclé.

— Il y a une façon, dit l'esprit de Juan, qui était plus paisible depuis qu'il avait appris la vérité à propos d'Asclé.

— Alors, dites-nous ! ordonna Marianne.

— Je ne sais pas si vous serez d'accord, dit l'esprit de Juan.

— Commencez par nous le dire, nous déciderons ensuite, dit Étienne.

Les esprits se rapprochèrent d'Étienne et l'encerclèrent. Étienne se mit à trembler, mais ne broncha pas.

— Il faudrait que nous passions à travers vous, dit l'entité de Juan.

— À travers nous ? lança Asclé, paniquée. Vous n'y pensez pas !

— On vous promet de ne pas s'arrêter à l'intérieur de vous ! dit le fantôme de Juan.

— Ça me rassure, dit Étienne, sceptique.

— Ils sont capables d'être sincères, dit Marianne.

— Vous avez entendu, les fantômes ? Marianne vous ouvre la porte de son corps. Si j'étais vous, je ne manquerais pas ce voyage, rigola Étienne.

Marianne le gifla d'un coup sec.

— Wow ! dit Étienne. Ce n'était qu'une blague !

— Elle n'était pas drôle, bouda Marianne.

— Voyez-vous, quand nous mourons, nous avons trois jours pour rejoindre la lumière qui nous appelle, dit l'esprit de Juan.

— Et si vous ne vous rendez pas ? questionna Asclé.

— On se ramasse ici, entre deux mondes, comme nous maintenant, répondit-il. En passant à travers vous, nous reverrons cette lumière et nous pourrons nous rediriger vers elle.

— Petite question comme ça ! dit Étienne. Pourquoi n'avez-vous pas été vers la lumière ?

L'esprit de Juan répondit :

— Bien entendu, je ne peux pas répondre pour les autres, mais moi je voulais me venger d'Asclé, alors je suis resté. Je m'en excuse sincèrement.

Asclé se sentit partir.

Asclé avait été torturée et interrogée durant trois longues journées. Son corps avait été brisé de la tête aux pieds, mais malgré tout, elle avait continué de nier qu'elle connaissait Satan. Elle répéta qu'elle n'avait jamais empoisonné Juan, ni rendu infirme aucun enfant. Elle avait l'air tellement convaincante qu'à la fin même le bourreau doutait de lui. Son avocat, ne sachant plus que faire, demanda l'épreuve du fer rouge. Asclé fut donc condamnée à porter le fer rouge sur une distance de trois pas. Deux personnes durent la supporter pendant ce supplice puisqu'elle ne pouvait plus marcher. Asclé perdit connaissance quelques minutes.

L'assemblée se rassembla devant le corps d'Asclé et Torquemada lui posa une dernière question.

— L'épreuve du fer rouge ne peut compter puisque, comme tout le monde le sait, Satan peut vous protéger des flammes et de ses brûlures.

— Mais..., s'opposa l'avocat.

— Fille ! As-tu une dernière demande à faire ? le coupa Torquemada.

Asclé ne répondit rien. Elle n'avait plus la force de parler et elle ne pouvait plus bouger. Une larme coula sur sa joue. L'avocat, ébranlé

par la beauté et l'innocence que dégageait Asclé,
prit la parole.

— Je redemande qu'on abrège ses souf-
frances, enfin j'exige qu'on le fasse !

Les membres de l'assemblée acquiescèrent
en chœur. Mais Asclé ouvrit les yeux et dit faible-
ment :

— Je veux… être à cô…té de Félipe. Voilà
ma seule de…mande.

L'avocat s'approcha de la table où Asclé gisait
pratiquement inerte et lui répondit en regardant
Torquemada d'un air sévère :

— Chère enfant, ta demande est satisfaite !

Il glissa dans la main d'Asclé une petite croix
en bois. L'Inquisiteur prit la parole.

— Nous, par la miséricorde de Dieu, évêque
de Séville sur les terres d'Isabelle de Castille et de
Ferdinand II d'Aragon. Attendu que toi, Asclé,
tu nous as été dénoncée pour sorcellerie, perver-
sion hérétique et que nous avons voulu nous
assurer si ce qui nous était dit de toi était contre
toi, s'appuyait sur quelque vérité et si tu marchais
dans les ténèbres ou dans la lumière. Nous avons
condescendu à l'enquête, à ta citation et à ton
interrogatoire répété sous serment, à la produc-
tion de la défense et à faire toutes et chacune

des choses qui doivent être faites par nous selon les institutions canoniques. Nous avons légalement prouvé contre toi que tu as été infectée de la perversion hérétique. Nous définissons et déclarons d'un jugement de condamnation que tu es hérétique, impénitente et que tu seras brûlée vive demain aux premières heures du matin.

Asclé se réveilla sur le plancher de l'entrée du château, entourée de ses amis, tenant dans ses mains la petite croix en bois.

— Asclé! Comment te sens-tu? demanda Marianne.

— Faible un peu, dit Asclé.

— Je vais à la cuisine lui chercher du jus, dit Étienne.

— Laisse! Je m'en occupe, dit l'esprit de Juan.

Quelques instants plus tard, le verre de jus ainsi que le pichet furent dans les mains d'Asclé.

— Ça va maintenant, merci mes amis!

— Bon, eh bien, commençons si nous voulons voir la lumière au bout du tunnel, dit Étienne.

Tout le monde le regarda étrangement. Décidément, les fantômes n'avaient pas le sens de l'humour.

— Ce n'est qu'une expression ! se défendit-il.

— Je vais montrer le chemin aux autres, dit l'esprit de Juan. Asclé, me permets-tu de passer à travers toi ?

— Je… C'est que je me sens un peu faible.

Asclé hésita. Elle regarda son miroir magique. Il indiquait qu'elle pouvait faire le bien, alors elle accepta.

— Allez-y !

— Assoyez-vous tous en indien et fermez les yeux. Concentrez-vous sur votre respiration, dit Juan.

Asclé et les autres firent ce que l'entité leur demandait. Soudain, tous furent pris d'un frisson et Asclé sentit un vent la traverser du dos jusqu'au crâne. Une grande lumière apparut dans le château et l'esprit s'y engouffra. Tous ressentirent une grande paix intérieure. Asclé respira profondément. Une autre entité se présenta à Marianne. Tous refermèrent les yeux et se concentrèrent à nouveau. Le même phénomène se produisit.

— Nous pourrions faire la tournée des châteaux hantés, dit Étienne à la blague. Nous ferions fortune.

— Profiteur ! dit Marianne.

— Où est le mal à vouloir faire le bien tout en faisant de l'argent ? demanda Étienne.

L'esprit de Torquemada répondit :

— Tu ne peux pas servir deux maîtres, c'est soit Dieu, soit l'argent.

Torquemada se posta devant Asclé. C'était le dernier esprit à faire traverser. Tous se concentrèrent. Les jeunes étaient épuisés. Asclé ne remarqua pas son miroir magique qui l'avertissait d'un danger. Si les autres esprits avaient été sincères et repentis, ce n'était pas le cas de l'esprit de Torquemada. Son plan avait été démasqué. Il allait le lui faire payer. Asclé ressentit un vent qui entra, mais contrairement aux autres fois, elle ne ressentit rien sortir d'elle et se mit à se sentir à l'étroit dans son propre corps. Une bataille s'engagea entre les deux esprits. La fatigue d'Asclé joua en faveur de l'entité de Torquemada. Asclé n'était pas assez forte pour le chasser. Les autres ne s'étaient aperçus de rien puisqu'ils avaient les yeux fermés. Asclé se leva debout et se mit à rire. Ses amis ouvrirent les yeux. La panique s'empara d'eux. Asclé était méconnaissable, ses traits étaient étirés et sa bouche écumait.

— J'espère que vous aimez la nouvelle Asclé! dit-elle d'une voix rauque.

Miguel se leva et lui fit face.

— Sortez dé cé corps! Vous n'avez pas lé droit! Elle a voulu vous aider!

— Elle a été bien naïve, vous ne trouvez pas! rit l'esprit. Enfin, un corps. C'est fou comme ça fait du bien. Je ne suis pas près de sortir, crois-moi!

Et Asclé, possédée par l'esprit de Torquemada, se dirigea en courant vers les cachots.

— Asclé! cria Marianne. Asclé, reviens!

Étienne fut le premier à se mettre à courir après Asclé. Les deux autres le suivirent. Ils dévalèrent les marches deux par deux jusqu'à la cave. Asclé prit le corridor menant à la salle d'interrogatoire.

— Pas ce cachot! cria Étienne. Asclé! Pas ce cachot! N'importe quel autre, mais pas lui!

Trop tard, la porte se referma et un fou rire résonna. Étienne frappa violemment à la porte.

— Ouvre-moi Asclé! Ouvre-moi! Lâchez-la!!

— Non ! Et je m'appelle Torquemada ! Asclé n'existe plus ! Je suis le Grand Inquisiteur de l'Espagne.

— Je vous tuerai Torquemada ! Vous m'entendez ! Je vous tuerai ! cria Étienne.

Le rire fusa encore plus fort.

— Tu oublies que je suis déjà mort mon fils ! cria l'esprit de Torquemada.

Asclé n'arrivait pas à prendre la parole. L'esprit était puissant et envahissait son corps en entier.

Marianne arriva avec Miguel. Elle frappa à son tour à la porte, mais elle se fit mal au poignet.

— Aïe ! Mon bras ! dit Marianne.

— Ça va Marianne, dit Étienne, qui examina son poignet.

— Il faut faire quelque chose, on ne peut pas la laisser là ! se mit à pleurer Marianne.

— Ça va aller, la consola Miguel, nous trouverons ouné solutione.

— Comment sortir cet esprit du corps d'Asclé ? demanda Marianne.

— Je l'écraserai ce Torquemada, dit Étienne, furieux.

Étienne et Marianne se retournèrent vers Miguel. Ils étaient vraiment découragés. Jamais ils n'avaient ressenti une si grande fatigue. Leurs yeux étaient suppliants.

— Que pouvons-nous faire maintenant ? dit Étienne.

— Jé crois les enfants qué nous dévrions attendre qué Marguerite arrive.

— Je ne réussirai jamais à dormir, dit Marianne, épuisée.

— Alors jé vais vous faire un chocolat chaud ! Allez ! Vénez ! Montons !

Les trois retournèrent à contrecoeur à la cuisine. Étienne et Marianne s'assirent côte à côte et Marianne s'accota la tête sur l'épaule d'Étienne.

— La prochaine fois qu'Asclé nous parle de voyage, rappelle-moi les autres expériences, s'il te plaît, dit Marianne.

— Courage Princesse, nous allons la délivrer.

— Dans quélqués heures, Marguerite arrivera et jé suis sûr qu'elle trouvera uné solutione !

— Je suis moins optimiste, dit Étienne.

— Je ne me sens pas rassurée à l'idée qu'Asclé passe la nuit en compagnie de Torquemada, rajouta Marianne.

Des bruits bizarres provenant de la cave vinrent confirmer la crainte des jeunes. Des bruits sourds ainsi que des bruits aigus résonnaient dans la cave comme une marche funèbre. Qu'allait-il faire? Que pouvait-il faire?

— Peut-il faire du mal à Asclé? demanda Marianne.

— Il pourrait, mais ça né sérait pas à son avantage car lé corps qu'il outilise lui sert dé réfuge. Et il avait l'air content d'être dédans, répondit Miguel.

Des cris fusèrent des cachots. L'envie folle d'aller voir démangeait les jeunes. Ils avaient toujours été solidaires, ils ne pouvaient pas s'imaginer abandonner un des leurs au combat même si ce combat s'avérait impitoyable.

— Chosé certaine, il pourrait vous faire dou mal à vous plus qu'à Asclé pour l'instant. Jé sais qué c'est difficile, mais jé crois qué d'attendre ici est la meilleure solutione.

Ils burent silencieusement leur chocolat chaud et mangèrent quelques biscuits. Ils décidèrent de s'étendre dans la bibliothèque tous ensemble auprès du feu. Les flammes dansaient dans la cheminée, on aurait pu croire que le temps était aux festivités, mais…

La pauvre Asclé avait essayé de chasser l'esprit de Torquemada. C'est là que des cris s'étaient fait entendre, mais elle n'avait pas eu la force nécessaire pour se dégager. Il avait saisi les fers et avait tenté de lui donner des coups sur les jambes pour qu'elle tombe par terre. Elle était exténuée. Elle s'était réfugiée dans un coin de son corps. Son cœur battait à toute allure. Elle ne maîtrisait plus les gestes qu'elle faisait, c'était lui, le capitaine à bord et il le savait. Asclé se résigna. Elle ne savait pas s'il lisait ses pensées, mais ce qui était terrifiant, c'est que s'il le faisait, il enlèverait son miroir magique. Elle força son esprit à penser à autre chose pour ne pas qu'il dévoile ce secret. Réussirait-elle?

L'esprit de Torquemada entendait très bien les pensées d'Asclé. Après tout, ils habitaient le même corps maintenant. Il devait se débarrasser de ce miroir magique maya.

LA FEMME FORTE

« Les gens qui veulent fortement une chose sont
presque toujours bien servis par le hasard. »
Honoré de Balzac, *La Vendetta*

Marguerite arriva vers dix heures comme elle le leur avait promis. Elle ne se doutait de rien. Des corneilles perchées sur les branches d'un vieux chêne l'accueillirent avec des croassements. À peine avait-elle arrêté son véhicule que les enfants et Miguel envahirent son véhicule. Comme tout le monde parlait en même temps, elle décida de mettre un peu d'ordre.

— Les enfants ! Silence ! Nous allons rentrer et, Marianne, tu m'expliqueras la première ce qui s'est passé.

Malgré la peur, tous prirent place dans les fauteuils de la bibliothèque. Marianne lui raconta l'histoire du début à la fin, y compris les fameuses pertes de conscience d'Asclé, même leur soirée Ouija. Elle défila tout ça très clairement. Marguerite secouait la tête de temps en temps, montrant qu'elle comprenait et qu'elle les prenait très au sérieux. Comme pour appuyer leurs dires, un cri venant des cachots arriva jusqu'à eux. Marguerite se força à rester de marbre. Elle savait qu'en pareille circonstance mieux valait garder son calme. Étienne continua le récit et parla de Miguel et des tortures ainsi que des âmes errantes qu'ils avaient aidées à retourner vers la lumière.

Quand tout cela fut dit, Marguerite se leva et dit :

— Je connais quelqu'un qui nous aidera. Elle s'appelle Lupe, elle habite proche de la clinique. Je la connais depuis plusieurs années. Je l'ai soignée à maintes reprises même si elle n'avait pas d'argent. Je lui ai toujours dit de ne pas s'en faire, qu'un jour, j'aurais à mon tour besoin de ses services. Et ce jour-là, les enfants, eh bien, je crois qu'il est arrivé !

— Que fait-elle dans la vie ? Elle chasse les fantômes ? demanda Étienne, qui se moquait.

— Si on veut, répondit Marguerite.

— Pourra-t-elle enlever cet esprit du corps d'Asclé ? supplia Marianne.

— Je l'espère ! Venez-vous avec moi ?

— Je préfère rester proche d'Asclé, répondit Étienne.

— Moi aussi, dit Marianne.

— Miguel ?

— Jé vais rester avec eux, dou moins s'ils sont d'accord ?

— Bien sûr ! répondirent-ils, maintenant que Miguel était dégagé de l'esprit de Juan.

— Très bien ! Je reviens d'ici une heure ! Soyez sages ! dit Marguerite.

Marguerite démarra en trombe. Elle devait trouver Lupe le plus vite possible. Elle souhaitait qu'elle soit chez elle et non en consultation dans une maison. Sa nièce Asclé était en danger, Marguerite le savait, car elle avait souvent entendu parler Lupe des cas de possession par les esprits. Elle ne vit pas le chemin parcouru, trop absorbée qu'elle était par ses pensées.

Lupe habitait une maisonnette de cinq pièces donnant sur la rivière. Marguerite se stationna, laissa ses clés dans l'automobile et courut à la porte. Avant d'avoir pu déposer le doigt sur la sonnette, la porte s'ouvrit sur Lupe. Marguerite fit le saut.

— M'avais-tu vue dans ta boule de cristal ? demanda-t-elle.

— D'abord, je n'ai pas de boule de cristal, répondit Lupe. J'allais examiner ma boîte aux lettres. Tu sais, quelquefois, je reçois des lettres et bien souvent des comptes.

— Je peux te parler ? C'est urgent !

— Entre ! dit Lupe.

Marguerite alla s'asseoir à la cuisine et lui raconta tout ce qui s'était passé au château de Mendoza. Lupe, assise elle aussi, l'écouta attentivement.

— Je prends quelques affaires et j'arrive.

Lupe se leva et attrapa des bougies, une croix, une clochette et de l'encens, mit le tout dans un sac et se précipita vers la voiture.

— Ne perdons pas de temps ! dit-elle à Marguerite.

— C'est comme si nous y étions !

— Je devrai poser des questions aux amis de ta nièce.

— Il n'y aura pas de problème, du moins je le souhaite ! dit Marguerite.

Au château, il y avait eu du nouveau. Asclé, sous l'emprise de l'esprit de Torquemada, était sortie du cachot avec le fouet, cherchant à frapper Étienne et Marianne. Miguel avait pris une chaise et s'était interposé entre eux pour permettre aux jeunes de se mettre à l'abri. Étienne avait décidé de monter aux chambres et, en passant, il avait attrapé un crucifix.

— On ne sait jamais ! Ça peut peut-être servir, dit-il à Marianne.

Marianne ne répondit rien, elle était bien trop traumatisée pour réfléchir. Finalement, elle regrettait son travail au dépanneur, c'était vraiment plus tranquille.

— Seule la salle de bain se verrouille, dit Étienne, en attrapant Marianne par le bras.

Ils entrèrent dans la salle de bain et Étienne tira le verrou.

— Je ne sais pas comment Miguel se débrouille, dit-il à Marianne.

Marianne ne bougeait pas. Elle était en état de choc. Étienne l'assit par terre et lui souleva les jambes. Il enleva son propre chandail et le lui déposa sur les épaules en lui frottant le dos.

— Ça va aller, Marianne ! Ne t'en fais pas ! Marguerite va arriver avec sa diseuse de bonne aventure et nous allons retrouver Asclé.

— Mon amie, je veux mon amie ! dit Marianne, qui semblait délirer.

Étienne la serra plus fort. Marianne s'enfouit la tête dans son cou. L'odeur de sa peau était si douce qu'il serait resté comme ça jusqu'à demain. Marianne l'attirait encore. Il ne put s'empêcher de lui donner un baiser. Marianne ne le repoussa pas. Il goûta ses lèvres délicieuses, mais s'arrêta là. Marianne le regarda quelques secondes avant de refermer les yeux et de se blottir contre lui.

Marguerite venait de franchir la grille du domaine, accompagnée de Lupe. Quand elles s'arrêtèrent devant l'escalier, Lupe ressentit le danger. Plusieurs entités hantaient encore le château.

— Je vais entrer la première, reste derrière moi, dit Lupe.

Lupe ouvrit la porte du château. Elle n'avait pas besoin de voir pour savoir que cet esprit était très malin. Les mauvaises vibrations qui se dégageaient du château avaient commencé à la tracasser un kilomètre avant d'arriver. Mais là, sur le seuil de la porte, le mal la faisait quasiment reculer. Marguerite s'inquiéta pour son amie.

— Tu n'as aucune crainte à avoir pour moi. Par contre, pensa-t-elle tout bas, Asclé est en de très mauvaises mains.

L'entrée était déserte, mais des objets, surtout des crucifix, jonchaient le sol. Il y avait eu une bagarre.

— Mon Dieu ! cria Marguerite, les enfants.

Un rire méchant raisonna de la bibliothèque.

— Elle est dans la bibliothèque, dit Marguerite.

— **Il est** dans la bibliothèque, précisa Lupe. Asclé n'a pas de contrôle sur lui. Il la tient bien.

— Comment peux-tu savoir ça ?

— Je le sens, dit Lupe. Laisse-moi sortir mes bougies.

Lupe alluma des cierges et de l'encens.

— J'aimerais que tu portes l'encens, dit Lupe. Mais tu restes derrière moi quoi qu'il arrive, compris ?

Marguerite ne fit qu'un signe de tête. La terreur la paralysait et les battements de son cœur tambourinaient dans ses tempes. Lupe avança prudemment.

— Devrais-je demander aux enfants et à Miguel de venir avec nous ? demanda Marguerite.

— Où sont-ils présentement ?

— Je ne sais pas, répondit Marguerite. Mais je peux crier.

— Je pense que ce serait plus prudent s'ils venaient tous avec nous. Ils pourraient tous tenir un crucifix et rester derrière moi.

— Les enfants! Miguel! C'est moi, Marguerite! Vous n'avez rien à craindre. Descendez! Je suis avec Lupe. Nous nous dirigeons vers la bibliothèque.

Étienne et Marianne sortirent prudemment de la salle de bain et descendirent l'escalier. Ils rejoignirent Marguerite et Lupe. Miguel sortit de la cave et arriva blessé.

— J'ai essayé dé l'arrêter, mais c'est incroyable comme elle est forte.

— **Il est** fort! L'esprit la possède totalement et décuple sa force physique, dit Lupe.

— Laissez-moi vous soigner, dit Marguerite, qui traînait toujours une trousse de premiers soins dans son sac.

Marguerite s'adressa aux enfants.

— Lupe a des questions à vous poser.

— Oui, savez-vous le nom de l'esprit qui habite votre amie?

— Torquemada, dit Étienne.

— Très bien ! Et savez-vous les motifs qui le poussent à prendre possession du corps d'Asclé ?

— Il veut se venger, répondit Marianne.

— Je vois… dit Lupe. Je vais devoir pratiquer un exorcisme[20] privé, mais j'aurai besoin de vous.

— Pensez-vous être capable de sortir l'esprit de son corps ? demanda Étienne.

— Pour ça, j'en suis certaine, rétorqua Lupe.

— Alors il n'y a plus à s'en faire, cria de joie Étienne.

— Le sortir du corps d'Asclé est une chose, répondit Lupe. L'empêcher de se jeter dans un autre corps en est une autre. Priez mes enfants ! Priez pour que ce ne soit pas vous les prochaines victimes !

Ils se dirigèrent à pas de loup vers la bibliothèque.

[20] Prière qui consiste à chasser les mauvais esprits.

LE BÛCHER

*« Mais tu brûles ! Prends garde esprit ! Parmi les
hommes ! Pour nous guider, ingrats ténébreux que
nous sommes, ta flamme te dévore et l'on peut
mesurer combien de temps tu vas sur la terre durer. »*
Victor Hugo, *L'âne*

Sous l'ordre de l'avocat et avec l'accord de
l'assemblée, le bourreau transporta Asclé dans
la cellule de Félipe pour y attendre l'autodafé[21].
Il la laissa choir sur la paille à côté de son ami
et referma la porte dans un bruit sourd. Asclé eut
peine à ouvrir les yeux. Elle chercha des mains
son fidèle compagnon. Elle lui toucha le bras
doucement. Félipe, qui ne pouvait pas beaucoup bouger, lui attrapa la main avec son doigt.
Une larme coula sur la joue d'Asclé, qui réussit
à prononcer :

— Fé...li...pe !

Il tourna la tête du côté d'Asclé et il la regarda
dans les yeux. Il pouvait lire toute la souffrance
qu'elle avait dû endurer. Il était bien placé pour
comprendre ce qu'elle ressentait. Il avait subi
les mêmes tortures. Il aurait aimé la sauver, lui

---

[21] Cérémonie au cours de laquelle on exécutait par le feu celle qui était
coupable d'hérésie.

épargner cette fin horrible. Il aurait aimé faire sa vie avec elle et voilà que leurs vies s'arrêtaient là au milieu de leur jeunesse. Il essaya de lui parler.

— Je... Asclé... Je t'ai..me...

Des larmes fusèrent des yeux d'Asclé. Il aurait tant voulu pouvoir les essuyer de ses mains, mais ses bras ne se levaient plus. On l'avait écartelé. Il appuya sa tête sur sa joue et releva doucement les cheveux d'Asclé avec son menton. Asclé avança ses doigts le long de son bras jusqu'à atteindre ses lèvres. Il les lui baisa. Jamais baiser ne fut si doux, jamais passion refoulée ne fut plus ardente.

Pendant ce temps, dans la cour, le bourreau préparait les colliers pour la pendaison ainsi que le bûcher. Il entassait le bois d'une bonne hauteur juste en dessous des colliers. De la paille lui fut apportée, il la répandit sur le bois. Il aspergea le tout d'huile de térébenthine.

Partout dans la ville, on avait posé des affiches afin d'obliger la population à venir assister au supplice du bûcher. Les gens devaient y assister sous peine d'être mis en prison et accusés eux-mêmes à leur tour d'hérésie. Certains se plaisaient à aller assister aux condamnations, mais pour la majorité, c'était un supplice que de voir de pauvres gens souffrir.

Le peuple commença lentement à arriver, hommes, femmes, enfants et vieillards. Tous y étaient quand ils amenèrent les accusés. Un murmure s'éleva quand la foule vit qu'on allait tuer de si jeunes gens. Les gardes se promenèrent à cheval dans la foule pour faire taire ceux qui auraient eu le goût de faire du grabuge. À coups de pic, ils maîtrisèrent ceux qui criaient en faveur des suppliciés. La peur paralysa la foule, qui finit par se calmer. On déshabilla les condamnés, comme c'était la coutume, et on donna ce qui restait de vêtements au bourreau. Ensuite, on attacha leurs mains dans leur dos. C'est nus, sous les regards de pitié de la population, que les deux jeunes furent amenés sur la plate-forme pour être pendus. Torquemada se tenait en dessous avec une bible. Il prit la parole.

— Jeunes gens, nous vous recommandons à Dieu. Par ces flammes, vos âmes seront purifiées et lavées afin d'être présentables devant le Seigneur. Le Très-Haut est témoin que vous avez péché. Repentez-vous donc avant de mourir.

Après la dernière prière, le bourreau passa la corde autour du cou d'Asclé, qui n'essaya pas de s'échapper, et ensuite autour du cou de Félipe, qui ne réagit pas non plus. Les deux amis se regardèrent pour une dernière fois et fermèrent les yeux. Quand tout fut prêt, le bourreau, au signal de Torquemada, ouvrit les trappes de la plate-forme et les corps tombèrent dans le vide, restant accrochés par le cou, se balançant grossièrement de gauche à droite. Certaines personnes qui assistaient à l'exécution se signèrent et fermèrent les yeux devant l'horreur. L'avocat pria intérieurement Dieu de lui pardonner ses fautes. Il avait eu peur de prendre la défense de cette jeune fille, peur pour sa vie, à lui. Il espérait un jour de tout cœur être capable de se lever contre l'Inquisition et de dénoncer tous ces crimes, car ce n'étaient rien de moins que des meurtres gratuits. La plupart des condamnés étaient des femmes qui auraient eu plus besoin de soins de santé que d'être torturées et brûlées.

Le bourreau approcha une torche du bûcher et mit le feu à la paille. Tranquillement, les corps se consumèrent dans le brasier. Asclé et Félipe ne souffriraient plus.

L'EXORCISME

« Les âmes s'échangent-elles comme
des jeux de cartes, certaines doivent-elles
choir pour que d'autres lèvent de terre ? »
Monique Proulx, *Les aurores montréales*

L'encens et les bougies étaient allumés. Tous marchèrent vers la bibliothèque. Leurs ombres sur le mur se dessinaient lentement. Étienne tenait la clochette dans une main et un crucifix dans l'autre. Il se trouvait complètement ridicule.

— On dirait que je suis un acteur jouant un rôle dans un mauvais film d'horreur, dit-il, inquiet.

— Tu es mauvais acteur, ça je suis d'accord, dit Marianne.

— Étienne, fais ce que te dit Lupe, la vie d'Asclé en dépend, lui dit Marguerite, anxieuse.

Marianne tenait un crucifix et les paroles d'une prière que tous devaient réciter. Miguel et Marguerite fermaient la marche avec des bougies allumées. Lupe menait ce cortège.

— Respirez ! dit Lupe. Peu importe ce que vous allez voir ou entendre, je veux que vous gardiez votre calme. Souvenez-vous que ce n'est pas Asclé, mais l'esprit de Torquemada qui lui fait faire des folies.

— Quel genre de folies ? demanda Étienne.

— Elle pourrait être tentée de vous tuer, par exemple, répondit Lupe.

— Rien que ça ! Alors ça ne m'effraie pas ! Marianne tente de me tuer à chaque jour depuis deux ans.

— Et je ne te manquerai pas cette année ! rétorqua Marianne, fâchée.

— Il faut de l'harmonie, dit Lupe. Êtes-vous prêts ?

Tous acquiescèrent très timidement. Lupe s'avança devant la porte de la bibliothèque. Asclé faisait face à la cheminée. Ses vêtements étaient en pièces. Elle lançait les livres *Malleus maleficarum* (Le marteau des sorcières) dans le feu. Lupe décida de lui adresser la parole.

— Asclé ! Asclé ! Peux-tu nous répondre ?

Asclé se retourna, mais son visage était à peine reconnaissable.

— Il n'y a pas d'Asclé, répondit la voix.

— Pourquoi l'empêchez-vous de me répondre ? demanda Lupe à l'entité.

— Parce que c'est mon corps maintenant! rit-il.

— Non! Vous avez délogé Asclé pour y entrer! dit Lupe.

— Elle m'a invitée!

— Ce n'est pas vrai! Il ment! cria Étienne.

L'entité dévisagea Étienne de ses yeux glacials. Étienne recula sous l'effet de la peur, ne reconnaissant pas Asclé dans ce corps.

— Calme-toi Étienne, dit Lupe. Il ne faut pas l'exciter. Marianne, tu as les paroles, donc vous allez m'aider. Tous ensemble, maintenant.

« Au nom du Père, et du Fils, et du Saint-Esprit, ainsi soit-il.

Très glorieux Prince des armées célestes, saint Michel Archange, défendez-nous dans le combat contre les principautés et les puissances, contre les chefs de ce monde de ténèbres, contre les esprits de malice répandus dans les airs.

Venez en aide à Asclé, que Dieu a faite à son image et à sa ressemblance et rachetée à si haut prix de la tyrannie du démon. »

Asclé fut soudainement prise de convulsions. Elle tomba par terre et se tortilla comme un ver. Lupe continua d'avancer vers elle en citant d'autres paroles.

« C'est vous que la sainte Église vénère comme son gardien et son protecteur ; vous à qui le Seigneur a confié les âmes rachetées, pour les introduire dans la céleste félicité. Conjurez le Dieu de paix qu'il écrase Satan sous nos pieds, afin de lui enlever tout pouvoir de retenir les hommes et les femmes captifs et de nuire à l'Église. »

Lupe s'agenouilla à côté d'Asclé, qui avait le regard vide. Elle déposa la main sur son front et y fit un signe de croix. À ce moment même, Asclé se mit à hurler à pleins poumons comme si on l'ébouillantait. Après s'être calmée, elle se mit à crier des injures et des grossièretés. Elle riait en se tordant les bras. C'était insupportable. Lupe dut élever la voix pour continuer la prière.

« Présentez au Très-Haut nos prières afin que, bien vite, descendent sur nous les miséricordes du Seigneur et saisissez vous-même l'antique serpent qui n'est d'autre que le Diable, pour le précipiter dans les abîmes de sorte qu'il ne puisse plus jamais séduire les nations. »

Asclé s'était mise à se griffer au sang. Lupe demanda à Miguel et Étienne de lui attacher les mains pour éviter qu'elle ne se mutile davantage. Ils réussirent de peine et de misère, la force d'Asclé étant décuplée. Après une ou deux minutes, ils arrivèrent à la maintenir au sol jusqu'à ce qu'Étienne la ficelle. Étienne s'excusa à Asclé.

— Je suis désolé, Asclé, de t'attacher. J'espère que tu ne m'en veux pas trop.

Comme réponse, il reçut un crachat à la figure et des mots incompréhensibles. Il s'essuya avec la manche de son chandail. Étienne regarda Lupe, impassible, lui faire signe de reprendre son crucifix et sa clochette. Elle lui ordonna de la faire tinter. Au son de la cloche, Asclé se mit à crier jusqu'à en vomir. Lupe enchaîna :

« Au nom de Jésus Christ notre Dieu et Seigneur avec l'Intercession de la Vierge Marie, mère de Dieu et avec Saint Michel Archange, nous entreprenons avec confiance de repousser les attaques et les ruses des démons. »

Asclé tenta de se détacher. Elle criait, elle bavait. Elle se mordait la langue, du sang s'écoulait de ses lèvres. Ses pupilles étaient tournées à l'envers, tout ce qu'on voyait était le blanc de ses yeux.

— Je t'ai déjà vue plus attirante Asclé, dit Étienne, complètement sous le choc.

Marianne lui donna une claque.

— Serais-tu jalouse ? lui lança Étienne.

Lupe rajouta :

— Il faut tenir bon les jeunes !

« Que Dieu se lève et que ses ennemis soient dispersés, et que fuient devant lui ceux qui le haïssent.

Comme la fumée s'évanouit, qu'ils disparaissent ; comme la cire fond devant le feu ainsi périssent les pécheurs devant la face de Dieu. »

Et à cet instant une forme noire commença à se détacher d'Asclé. C'était l'esprit de Torquemada. Asclé resta par terre, inconsciente. Quand il fut complètement sorti du corps d'Asclé, l'ombre regarda Lupe, qui continuait de réciter la prière. Sans crier gare, il fonça à toute allure sur elle. Lupe tomba à la renverse, mais solide et bien enracinée, elle continua de réciter les paroles saintes. Tous voyaient l'ombre essayer de pénétrer le corps de Lupe, mais en vain. L'esprit malin se tourna alors vers les autres. Étienne et Marianne ravalèrent leur salive. Étienne le regarda et dit :

— Sérieusement, entre vous et moi, vous ne seriez pas bien dans mon corps, je transpire et je sens des pieds, c'est une sensation terriblement désagréable. Quant à Marianne, elle porte les mêmes vêtements depuis plus de trois jours. Non, si j'étais vous, j'attendrais qu'elle reçoive sa valise.

— Tu es vraiment con ! marmonna Marianne.

— C'est une stratégie Princesse ! Laisse-moi faire ! Fais-moi confiance.

Torquemada se remplit de rage. La pièce devint rouge et des éclairs sortirent du plafond.

— Et alors tu crois qu'elle fonctionne ta stratégie ? dit Marianne, fâchée.

— Je pense qu'il est fâché le monsieur, dit Étienne.

— Entourez-vous de lumière, leur cria Lupe, et levez vos crucifix.

« Voici la croix du Seigneur, fuyez, puissances ennemies !

Il a vaincu le lion de Juda, le rejeton de David

Que votre miséricorde, Seigneur,
soit sur nous
De même que nous avons espéré
en vous. »

Les tablettes de la bibliothèque tombèrent sur le sol et le feu grimpa dans la cheminée. Asclé, encore inconsciente, fut coincée sous un meuble. Étienne essaya d'aller la libérer, mais l'esprit fonça sur lui avec le tisonnier. Lupe se posta devant Étienne juste à temps.

« Nous t'exorcisons, esprit immonde, qui que tu sois, puissance satanique, invasion de l'ennemi infernal, légion, réunion ou secte diabolique, au nom et par la vertu de Jésus-Christ, notre Seigneur, sois arraché de l'Église de Dieu et des âmes créées à l'image de Dieu et rachetées par le précieux sang du divin Agneau. »

Le tisonnier retomba par terre, l'esprit recula en maudissant le Seigneur. Étienne lui fit une grimace en disant :

— C'est ça, poule mouillée, recule ! Cot ! Cot ! Cot !

— Ne pousse pas ta chance, dit Marianne.

Lupe ne lâchait pas.

« Désormais, tu n'oseras plus, perfide serpent, tromper le genre humain, persécuter l'Église de Dieu, ni secouer et cribler, comme le froment[22], les Élus de Dieu. »

— C'est quoi du froment ? demanda Étienne.

— Tais-toi ! dit Marianne.

— Mais je ne peux pas être sérieux si je ne sais même pas ce que je dis !

— Tu n'es jamais sérieux de toute façon, soupira Marianne, qui essayait de se concentrer.

— Faites un signe de croix à chaque phrase les enfants, je m'occupe d'Asclé, ordonna Lupe, qui signa Asclé.

« Il te commande le Très-Haut,

Il te commande, Dieu le Père,

Il te commande, Dieu le Fils,

Il te commande, Dieu le Saint-Esprit,

Il te commande, le Christ, Verbe éternel de Dieu fait chair

Elle te commande, Marie, mère de Dieu. »

L'esprit maléfique commença à pâlir et à faiblir. Lupe ne lâcha pas de réciter.

« Va-t'en, Satan ! »

---

[22] Grains de blé.

— Na Na Na ! Na ! (bis) Hey ! Hey ! Hey ! Good Bye ! chanta Étienne.

Cette fois, Lupe le toisa d'un tel regard qu'Étienne s'excusa. Étienne se concentra plus intensément sur la prière.

« Inventeur de toute tromperie, ennemi du salut des hommes, cède ta place au Christ.

Humilie-toi sous la puissante main de Dieu, tremble et fuis, à l'invocation faite par nous du saint nom de Jésus, que les enfers redoutent, à qui les Vertus des cieux, les Puissances et les Dominations sont soumises, que les Chérubins et les Séraphins louent et chantent : Saint, Saint est le Seigneur, le Dieu des armées. »

Le feu de la cheminée baissa et les dernières traces de l'esprit s'effacèrent doucement.

— Nous devons finir la prière d'exorcisme, dit Lupe.

— Mais il est parti, dit Étienne.

— Ce n'est pas parce qu'il n'est plus visible à l'œil qu'il n'est plus là. Il a perdu de sa force, mais nous devons l'obliger à partir pour de bon, loin d'ici.

— Il ne passera pas dans la lumière ? demanda Marianne.

— Je ne crois pas, mon enfant. Je pense qu'il n'est pas prêt. Je sens encore beaucoup de haine et de rancœur en lui, répondit Lupe. Marguerite et Miguel, récitez avec moi.

« Seigneur, exaucez ma prière.

Et que mon cri s'élève jusqu'à vous.

Le Seigneur soit avec vous,

Et avec votre esprit.

Des embûches du démon, délivrez-nous. Que vous accordiez à votre Église la sécurité et la liberté pour vous servir. Nous vous en supplions, exaucez-nous.

Ainsi soit-il. »

Lupe sortit de son sac une bouteille contenant de l'eau bénite et aspergea le sol de la bibliothèque ainsi que le corps d'Asclé. Asclé ne bougeait pas. Lupe tenta de la réveiller, mais elle n'y arriva pas. C'est Étienne, le premier, qui remarqua qu'elle n'avait plus son miroir magique maya.

— Marianne ! Regarde Asclé ! Elle n'a plus son miroir magique. C'est pour ça qu'elle ne revient pas à elle.

— Mais où peut-il bien être ? s'inquiéta Marianne.

— Que cherchez-vous ? demanda Marguerite.

— Asclé avait une pierre obsidienne autour du cou, tout comme nous. Ce collier est très important, il protège Asclé, expliqua Marianne.

— Nous allons lé chercher, dit Miguel.

— Je m'occupe d'Asclé, dit Lupe.

Étienne se tourna vers Lupe et lui demanda :

— Ce Torquemada, peut-il encore lui faire du mal ?

— Je ne crois pas, mais…

— Mais quoi ?

— Mais il pourrait l'avoir déjà détruite.

— Que voulez-vous dire ? demanda Marianne.

— Eh bien, elle pourrait rester dans le coma pour le restant de sa vie, répondit Lupe.

Les lèvres de Marianne se mirent à trembler. Étienne réagit fortement.

— Il n'en est pas question ! lança Étienne. Nous allons retrouver le collier. Séparons-nous ! Je vais chercher avec Marianne à l'étage des chambres. Marguerite et Miguel, pouvez-vous aller jeter un coup d'œil aux cachots ?

— Oui, bien sûr ! dirent-ils.

— Avant de partir, Miguel, peux-tu transporter Asclé sur le divan ? demanda Lupe.

Mais avant que Miguel ait eu le temps de s'avancer, Étienne avait pris Asclé dans ses bras. Il l'emmena sur le divan et la déposa doucement. Il prit les clés des cachots qu'elle tenait encore dans ses mains. Avant de se relever, il lui donna un baiser sur le front en lui disant :

— Je reviens avec ton collier Asclé, tiens bon !

Étienne remit les clés des cachots à Miguel. Marianne s'approcha d'Asclé et lui fit un gros câlin.

— Je t'aime mon amie.

— Allons-y ! dit Marguerite. Il doit bien être quelque part ce collier !

— Il faut qu'il soit dans le château puisque l'esprit n'est pas sorti d'ici, dit Étienne.

— Et nous fouillerons les lieux, jour et nuit s'il le faut, dit Marguerite.

Lupe resta avec Asclé. Elle décida de continuer à réciter une prière pour cette jeune fille qui avait été fortement bouleversée.

LA CACHETTE

« Où serait le mérite si les héros
n'avaient jamais peur ? »
Alphonse Daudet, *Tartarin de Tarascon*

Étienne et Marianne montèrent les marches deux par deux, jusqu'à l'étage des chambres. Étienne, qui n'était pas très observateur, remarqua pour la première fois l'horrible tapis rouge qui recouvrait le plancher. Il fut distrait par une question.

— Te rappelles-tu si hier, dans le cachot, Asclé avait encore son miroir magique ? demanda Marianne.

— Oui, je l'ai vu quand elle était attachée sur la table dans le cachot.

— Donc, elle devait l'avoir au moment où Torquemada est entré dans son corps, dit Marianne.

— Je suppose, répondit Étienne.

— Alors il ne doit pas être à l'étage, car par la suite, Asclé s'est réfugiée dans les cachots et à la bibliothèque.

— Tu as raison Princesse ! Par contre, elle pourrait très bien être venue par l'escalier des servantes au bout du couloir sans que l'on s'en rende compte.

— Vrai ! Je n'y avais pas pensé. Alors, si on commençait par cet escalier ?

— D'accord Princesse ! Va pour l'escalier.

Arrivés au bout du couloir, ils essayèrent d'ouvrir la porte. Elle était de toute évidence verrouillée.

— Mais comment se fait-il qu'elle soit verrouillée ? demanda Marianne.

— Elle ne l'est sans doute pas, pousse-toi ! Je vais essayer de l'enfoncer, elle doit être simplement coincée.

Étienne s'élança sur la porte, qui ne céda pas.

— Aïe ! Mon épaule ! Stupide porte ! Il donna un coup de pied.

— Ça va ? demanda Marianne.

— Oui, mais maintenant, j'ai mal à l'épaule et au pied. C'est beaucoup plus équilibré ! dit Étienne, grimaçant de douleur.

— Attendons Marguerite et Miguel pour cette porte et faisons les chambres, dit Marianne.

— Bon, dit Étienne à regret.

En se retournant pour longer le corridor, ils entendirent un bruit. Quand ils se retournèrent, la porte qu'ils avaient forcée sans succès était ouverte.

— Penses-tu que nous devrions y aller ? demanda Marianne. Je ne trouve pas ça rassurant.

— As-tu peur Princesse ?

— Oui, et je n'ai pas honte de le dire, lança Marianne, offusquée par le ton condescendant d'Étienne.

— Je suis là ! Il ne va rien t'arriver.

— Ah ! Ah ! Tu me fais rire, dit-elle en se moquant.

— Tout s'est bien passé jusqu'à présent, tu ne peux dire le contraire, dit Étienne.

— Tu as une drôle de façon de concevoir les choses si tu penses que rien de grave ne s'est passé jusqu'à présent.

— Non, je sais, mais ce que je dis c'est que c'est OK jusqu'à présent, dit Étienne.

— Mmmmmmmmmm !

— On y va, on l'explore cet escalier ?

— Passe le premier, dit Marianne.

— Mais je serais impoli !

— C'est tout à fait dans tes habitudes d'être impoli, alors ça ne te changera pas! répliqua Marianne.

— Ah! Ah! J'y vais si tu insistes, mais ne dis plus que je suis impoli et que je ne suis pas l'étiquette avec les dames. Les filles ne savent pas ce qu'elles veulent, marmonna Étienne.

— Pardon?

— Je dis que c'est fou tout ce que vous savez, na!

Étienne s'aventura donc le premier dans l'étroit escalier qu'il avait visité le premier soir de leur arrivée. Marianne avait le pressentiment que quelque chose d'étrange était pour se produire.

Pendant ce temps, dans le sous-sol, Marguerite et Miguel fouillaient les cachots. Miguel déverrouillait systématiquement toutes les portes. La majorité des cachots ne contenait rien, pas même un lit. Quelquefois des chaînes pendaient au mur et un restant de paille jonchait le sol.

— Difficile de trouver un collier dans un immense château, dit Marguerite.

— Nous dévons penser comme oune fantôme, dit Miguel.

— Avant aujourd'hui, je ne croyais pas réellement aux fantômes, dit Marguerite, alors m'imaginer comment ils pensent me trouble un peu.

— Et moi pendant qué j'étais possédé par oune fantôme, eh bien, j'étais impouissant, dit Miguel.

— Voyais-tu ou entendais-tu ce que l'esprit décidait en toi ?

— Non, pas du tout, dit Miguel. Asclé s'est enfermée dans la cellulé dé l'interrogatoire, dit Miguel. Cetté cellule mérite qu'on lui porte oune attention spéciale.

Il déverrouilla la porte du cachot dans lequel ils avaient passé une partie de la nuit d'avant.

— Je n'étais jamais venue ici avant, ça donne la chair de poule. Je comprends les enfants maintenant, dit Marguerite.

— Dire qué j'ai joué lé rôle du bourreau, tu imagines ? dit Miguel en attrapant les fers.

— Je n'aime mieux pas, répondit Marguerite, qui ne se sentait pas en sécurité.

Miguel redéposa les fers et regarda les cendres dans la cheminée.

— Qu'as-tu fait pour être possédé par Juan ? demanda Marguerite.

— Je né sais pas.

— Tu ne te rappelles pas la première fois que tu as eu des trous de mémoire ? dit Marguerite ęn fouillant les sièges en velours rouges.

— Ça rémonte, jé crois, à quelques mois. J'ai un peu honte d'en parler.

— On est des amis depuis longtemps, tu sais que je ne porterai pas de jugement. Chacun ses expériences et ses problèmes ! dit Marguerite.

Miguel s'arrêta de fouiller et se gratta la tête. Il revoyait les images de la fête dans sa tête.

— Si jé mé rappelle bien, c'est à une fête chez des amis.

— Je ne savais pas que les fantômes aimaient les fêtes !

— Jé né pense pas qué c'est la fête, mais à cette soirée, j'ai consommé dé la drogue, répondit Miguel. Ma prémière consommation dé cannabis dévait rémonter à ouné vingtaine d'années auparavant.

— Et ? s'enquit Marguerite.

— J'ai commencé à entendre des voix, mais des voix à l'intérieur dé moi.

— Quelles sortes de voix ?

— Des voix qui disaient des choses obscènes, ça né sé répète pas dévant oune dame ! dit Miguel.

— Ça ne t'a pas inquiété ? demanda Marguerite.

— Non, parce qué la drogue peut faire ça. Ensuite, jé n'ai plous rien entendu, mais quelquéfois, jé né mé rappélais pas dou tout ma soirée.

— Quelle histoire ! dit Marguerite, qui reprit les fouilles.

Ils examinèrent le moindre recoin de ce cachot et le moindre détail sans voir de pierre obsidienne. Ils décidèrent de sortir de là.

Pendant ce temps, dans l'escalier des servantes, Étienne et Marianne fouillaient les coffres en cèdre qu'ils avaient découverts à leur arrivée.

— Je les ai déjà ouverts, Étienne, et ils ne contiennent que des tabliers et des bonnets.

— Et si tu avais mal regardé Princesse ?

— Tu m'énerves !

Marianne ouvrit de nouveau le coffre en bois. Elle montra à Étienne les tabliers et les bonnets, qu'elle sortit un à un.

— Tu es satisfait maintenant ? demanda-t-elle.

— Laisse-moi voir ! dit Étienne.

Étienne enleva les morceaux de linge et tâta le fond. Il n'y avait pas l'air d'avoir un double fond. C'est en levant le couvercle qu'il vit la petite boîte de velours bleue.

— Et ça ? demanda-t-il en montrant l'écrin à Marianne. L'avais-tu vue ?

Marianne fit la moue, mais elle ne bouda pas longtemps, car elle voulait savoir ce que la boîte contenait. Elle remit le linge dans le coffre et referma le couvercle de bois.

— Ouvre-la ! dit-elle.

— Du calme !

— Mais pourquoi attends-tu ? insista Marianne.

— Je préfère la transporter en bas pour la montrer à Lupe avant. On ne sait jamais.

Marianne, impatiente de savoir ce que contenait l'écrin, se moqua de lui à son tour.

— On dirait que le héros a peur !

— Je suis simplement prudent.

— Tu as peur ! Voilà ! répliqua Marianne.

— Suis-moi ! On retourne dans la bibliothèque.

Étienne tenta de tourner la poignée de porte, qui refusa de s'ouvrir.

— Que se passe-t-il ? demanda Marianne.

— La porte est encore coincée.

Étienne donna l'écrin à Marianne et tira de toutes ses forces. Il mit le pied sur le mur et réessaya. Malgré un gros effort, la porte ne broncha pas.

— Je n'y arrive pas, dit-il.

— C'est intelligent ! dit Marianne.

— Ah ! Parce que tu me tiens responsable de ce qui arrive ? dit Étienne, fâché.

— On n'aurait jamais dû venir ici, répliqua Marianne en lui remettant la petite boîte bleue. C'est ta faute si on est coincés ! Je regrette de t'avoir écouté.

— Moi, le seul regret que j'ai, c'est d'être venu avec toi.

— Je te déteste ! cria Marianne en remontant vers le grenier.

— C'est ça ! Bon débarras, Princesse ! lança Étienne.

Étienne décida de descendre vers le sous-sol et de laisser Marianne bouder seule dans le grenier. Il tenait dans ses mains la petite boîte bleue. Étienne se demandait s'il devait l'ouvrir. Il décida qu'il valait mieux attendre. Aucune lumière n'éclairait l'escalier. Étienne dut poser les pieds un peu à l'aveuglette. Il manqua une marche et se retrouva couché sur le ciment à plat ventre. Il lança un juron. À quatre pattes dans le noir, il dut tâter le plancher de ses mains pour essayer de retrouver l'écrin.

— Qu'est-ce que tu fais ? demanda Marianne, qui était descendue sans faire de bruit.

Étienne, surpris, se frappa la tête sur l'escalier.

— Aïe ! Merde ! Ah, j'ai mal !

— Ça va ? demanda Marianne.

— Qu'est-ce qui t'a pris de me faire peur ?

— Je n'ai pas voulu te faire peur ! dit Marianne en étouffant un fou rire.

— Tu trouves ça drôle ? demanda Étienne, insulté.

— Non, dit Marianne en riant. Je… je m'excuse.

Étienne recommença à chercher la boîte.

— Je suis tombé dans les escaliers et j'ai perdu la boîte. Il n'y a rien de rigolo.

— On n'y voit rien, dit Marianne.

— Cherche quand même avec moi, demanda Étienne.

Marianne se pencha et mit ses mains par terre.

— C'est dégoûtant !

Des toiles d'araignée s'accrochaient à ses doigts. Soudain, elle sentit quelque chose de dur et d'ovale, elle le prit dans ses mains. « C'est peut-être la pierre d'Asclé », pensa-t-elle. Elle ne voyait rien, il n'y avait aucune lumière. Elle rapprocha son visage de sa main. L'objet qu'elle tenait était en fait un gros scarabée. Insulté, l'insecte décida d'escalader le bras de Marianne, qui se mit à crier à tue-tête. Elle dansait et criait en se tortillant, si bien que l'insecte tomba par terre à la renverse. L'insecte n'était plus sur elle, mais Marianne continuait à crier.

— AAAAAAAAAAAHHHHHHHH !!!!!!!!!!!!!!
Étienne, apeuré, se mit à hurler aussi.

— AAAAAAAAAAAAHHHHHHHH !!!!!!!!!!!!!!
Marguerite et Miguel entendirent les cris et se précipitèrent vers le bruit. Ils arrivèrent en courant à une porte en bois qu'ils n'avaient

jamais remarquée. Miguel força la porte, qui s'ouvrit sur Étienne et Marianne. Dès qu'ils virent Miguel et Marguerite, ils se calmèrent.

— Mais que se passe-t-il? demanda Marguerite.

— Je ne sais pas, dit Étienne, j'ai crié parce que Marianne s'est mise à hurler tout d'un coup.

— J'ai attrapé une chose horrible avec des pattes et une carapace.

Marguerite tenait dans ses mains une bougie. Étienne lui demanda d'éclairer la pièce afin de retrouver son écrin de velours bleu. En un instant, il le localisa et l'attrapa.

— Qu'est-ce qué c'est? demanda Miguel.

— J'ai trouvé cette boîte dans un coffre en cèdre du grenier.

— Et que contient-il? demanda Marguerite.

— On ne le sait pas, Étienne veut l'ouvrir devant Lupe au cas où cet objet contiendrait un maléfice.

— Bonne idée! dit Marguerite. Montons! Nous allons prendre une pause en même temps.

Tous remontèrent par l'escalier menant à l'entrée. Ils retrouvèrent Lupe priant à côté d'Asclé, toujours inconsciente.

— Avez-vous trouvé son collier ? demanda Lupe.

— Non, mais nous avons trouvé cette boîte. Je voulais que vous l'ouvriez au cas où... dit Étienne.

— Apportez-la-moi !

Lupe prit dans ses mains l'écrin. Elle secoua la boîte, qui émit un petit bruit. Elle déposa la boîte sur ses genoux et imposa ses mains au-dessus de l'écrin. Elle ferma les yeux et se concentra.

— De toute évidence, il y a quelque chose à l'intérieur, mais je ne sens aucune énergie négative.

Lupe souleva le couvercle lentement et découvrit une clé. Elle la sortit et la montra aux autres.

— Voilà, vous avez découvert une clé.

— Une clé ? s'exclama Étienne, un peu déçu que ce ne soit pas le collier d'Asclé.

— Ce doit être une clé importante, puisqu'elle était dans un écrin, dit Lupe.

— Mais comment savoir ce qu'elle ouvre ? demanda Marianne.

— Faités voir, dit Miguel.

Il l'examina avec attention et sortit le trousseau de clés qui ouvraient les portes des cachots.

— Regardez! Elle réssemble beaucoup aux autres. Elle n'a qu'oune coche dé plus.

Marguerite réfléchit. Elle connaissait le château depuis des années.

— Je crois que j'ai une petite idée. À la cave, il y a un corridor qui ne contient qu'une porte dont je n'ai jamais réussi à ouvrir la serrure.

— Allons voir! dit Étienne. Lupe, voulez-vous encore veiller sur Asclé?

— Mais oui, jeune homme, avec plaisir. Allez-y!

— Merci, dit Marianne.

Marguerite les dirigea vers le corridor dont elle parlait.

— Le voici!

Comme elle l'avait expliqué, il y avait une porte au bout. Miguel, qui avait gardé la clé, la fit pénétrer dans la serrure. La clé tourna, et un bruit indiqua que le loquet était ouvert. Tous se regardèrent, un frisson les traversa. Était-ce une bonne idée de l'ouvrir? Torquemada s'était peut-être réfugié dans cette pièce. Ils respirèrent profondément. Miguel poussa la porte. Tous restèrent médusés. Cette pièce était remplie d'objets de toutes sortes : des chaises, de la vaisselle, des bijoux, des vêtements, des coffres et même des tableaux occupaient pêle-mêle la pièce.

— On dirait la caverne d'Ali Baba ! dit Étienne.

— À qui appartenait tout ça ? demanda Marianne.

— À ceux qué l'on condamnait probablément. Torquemada récoltait les biens dé tous les accusés, ainsi l'Église s'enrichissait peu à peu.

— C'est incroyable ! dit Marguerite.

— Alors le collier d'Asclé doit être ici quelque part, dit Étienne, puisqu'on l'a accusée.

— Tu es génial, cria Marianne, qui lui sauta au cou.

« Décidément, je ne comprendrai jamais rien aux filles ! » pensa Étienne.

En moins de quinze minutes, Marianne avait trouvé le collier d'Asclé accroché à un dossier de chaise.

— Le voici ! Vite ! Il faut aller le mettre à Asclé.

Ils grimpèrent les marches encore une fois jusqu'à la bibliothèque pour rejoindre Lupe et Asclé. Marianne accrocha la pierre au cou d'Asclé et lui donna un baiser sur le bout du nez.

— Réveille-toi ! dit-elle.

Asclé, comme dans les contes de fées, ouvrit les yeux, hébétée. Elle avait mal à la tête et avait un goût de sang dans la bouche. Elle reconnut ses amis à côté d'elle et tranquillement les dernières heures lui revinrent en mémoire. Elle se demanda qui était la personne à côté d'elle. Marguerite devina ses pensées.

— Je te présente Lupe. C'est grâce à elle si tu es encore en vie.

— Enchantée, lui dit Lupe.

— Merci pour tout ! dit Asclé.

— Il n'y a pas de quoi !

— Un esprit de fille dans un corps de fille, c'est beaucoup mieux, dit Étienne, content de retrouver son amie.

— Je suis si heureuse, dit Marianne.

Asclé finit par s'asseoir. La tête lui tournait.

— J'ai manqué quelque chose ? demanda-t-elle.

— Rien d'intéressant, dit Étienne. Sincèrement, tu n'aurais pas aimé te voir dans un miroir.

— Tu t'es fait exorciser, répondit Lupe.

— Exorciser ? Vous rigolez ? dit Asclé.

— Crois-moi, ça n'avait rien de drôle, rajouta Marguerite.

Marguerite et Lupe expliquèrent en détail ce qui s'était passé. Asclé parut étonnée, mais fut bien contente de retrouver son corps. Soudain, son ventre se mit à gargouiller.

— Mais c'est Alien ! dit Étienne, imitant un monstre sortant de son ventre.

Chacun se mit à rigoler. Ils avaient tous très faim.

— Idiot, dit Marianne.

— Jé propose dé vous faire à souper ! dit Miguel. Qu'en pensez-vous ?

— Quelle bonne idée ! dit Marguerite. Lupe, j'aimerais que vous soupiez avec nous.

— Avec plaisir ! dit-elle.

Étienne proposa d'accompagner Miguel au marché pendant que les deux filles iraient se laver et se préparer pour la soirée. Marguerite et Lupe firent le point sur ce qui s'était passé. Asclé passa d'autres vêtements propres à

Marianne, qui n'avait toujours pas reçu sa valise.

— Je vais faire une plainte, et avec l'argent qu'ils me donneront, j'irai m'acheter des nouveaux vêtements pour la rentrée, dit Marianne, qui se coiffait. Tu es songeuse?

— Je pense à Torquemada. Je suis triste pour lui.

— Tu es triste pour lui alors qu'il t'a déjà fait tuer et qu'il voulait encore ta peau? Eh bien, tu es une sainte Asclé Laplante!

— Nos miroirs magiques disaient qu'on pouvait sublimer le mal, dit Asclé, déçue.

— Mais c'est ce qu'on a fait! La majorité des esprits qui hantaient ce château sont partis pour un monde meilleur, répondit Marianne.

— Oui, mais Torquemada en avait besoin.

— Je sais, mais chacun est libre de prendre le chemin qu'il veut, rétorqua Marianne. Tu connais le dicton qui dit que tu peux emmener un cheval à la fontaine, mais que tu ne peux pas le forcer à boire? Eh bien, on l'a mené jusqu'à la fontaine et il a refusé de boire.

— Tu as sans doute raison, dit Asclé, qui continua à s'habiller.

— Quelle aventure quand même! dit Marianne.

— Et Étienne? demanda Asclé, taquine.

— Quoi Étienne? Quoi?

— Quand je me suis réveillée tantôt, j'ai bien vu qu'il avait une main sur ta taille, dit Asclé.

Marianne sourit et se retourna pour cacher ses joues qui s'empourpraient.

— Ce n'était rien! Il était tout simplement content que tu te réveilles, mentit Marianne.

— C'est pour ça qu'il t'a mis les mains sur la taille et qu'il a enfoui son nez dans ton cou?

Marianne ne se rappelait pas ça.

— Je te taquine, dit Asclé.

— Quand l'esprit de Torquemada t'a envahie, il a bien fallu se réconforter un peu.

— Et comment Étienne réconforte-t-il une Princesse?

— Tu lui demanderas ce soir... sourit Marianne.

— C'est d'accord, je lui demanderai, rigola Asclé.

LA MISE EN GARDE

« Si l'œil pouvait voir les démons qui peuplent
l'univers, l'existence serait impossible. »
Le Talmud

Le repas était un vrai festin de roi. Il y régnait une ambiance de fête. L'atmosphère était sans doute détendue par la disparition de la majorité des fantômes du château. Chacun mangeait et racontait des anecdotes. Asclé demanda à Lupe :

— Comment en êtes-vous arrivée à faire des exorcismes ?

— C'est une longue histoire, répondit Lupe.

Tous montrèrent de l'intérêt. Elle fut donc invitée à raconter son histoire, qui remontait à son enfance.

— Je vivais seule avec ma mère et mes sœurs à la campagne, mon père étant décédé quand j'avais un an. Nous n'avions pas beaucoup d'argent. Ma mère gardait d'autres enfants, ce qui nous faisait un revenu très modeste. Alors pour arrondir les fins de mois, ma mère s'est mise à lire dans les lignes de la main et à tirer aux tarots. Quelquefois, elle le faisait à la maison et d'autres fois elle se rendait chez des personnes. Au début, nous trouvions ça drôle et amusant, mais vint un temps où les choses changèrent.

— Que s'est-il passé ? demanda Marianne, intriguée.

— Je gardais souvent mes sœurs pendant que ma mère faisait ses visites. Un soir que je les avais couchées, quelqu'un cria mon nom. Je pensai qu'une de mes sœurs n'arrivait pas à dormir, alors je me rendis dans leur chambre pour m'apercevoir qu'elles dormaient toutes. Je m'assis près de leur lit. On m'appela encore une autre fois. Cette fois, la voix venait de la cuisine. Je pensai alors que ma mère était revenue. Rassurée, je me dirigeai vers la cuisine, où il n'y avait visiblement personne non plus.

— Quelqu'un devait vous jouer un tour, dit Étienne.

— J'aurais aimé que ce soit ça, mais nous étions vraiment isolées. Notre maison était loin du chemin, et rares étaient ceux qui s'aventuraient jusqu'à chez nous.

— Aviez-vous peur ? demanda Asclé.

— Si j'avais peur ? Je tremblais, assise sur ma petite chaise de cuisine, car maintenant la voix m'appelait de la cave, mais il était hors de question que je descende seule à la cave. Je me saisis du tisonnier et j'attendis dans la cuisine le retour de ma mère.

— Vous a-t-elle crue ? demanda Marianne.

— Oui, elle aussi entendait des voix qui l'appelaient. Je ne sais pas si elle avait peur, mais elle me rassura et me mit au lit. Les jours qui suivirent furent un véritable cauchemar, si bien qu'après les heures de classe, je ne voulais plus retourner à la maison.

— Qu'y avait-il ? demanda Étienne, qui commençait à avoir la frousse.

— Plein de phénomènes se manifestèrent sans notre consentement. Notre réfrigérateur s'ouvrait et se fermait tout seul. La musique se mettait à jouer alors que la radio n'était pas branchée à une prise. Le téléphone signalait de lui-même. Chaque soir, quelqu'un courait sur le toit de notre maison. C'était devenu infernal.

— Qu'avez-vous fait ? demanda Asclé.

— Je ne savais pas quoi faire. J'avais peur d'en parler en classe, je ne voulais pas passer pour une cinglée. Mais un jour, une chose encore plus terrible arriva à ma plus jeune sœur.

Les trois jeunes sentirent des frissons leur parcourir les bras et le dos. Lupe avait fait une pause. De toute évidence, elle se sentait encore ébranlée par cet évènement.

— Qu'est-il arrivé à votre sœur ? demanda Asclé.

— Ma sœur, qui était si douce et si calme, s'est mise à tout casser dans la maison. Elle criait : « Je suis le démon et je vais toutes vous tuer. » Elle nous pourchassait avec des couteaux autour de la table de cuisine. Au début, nous pensions que c'était un jeu, nous avons eu peur qu'elle se blesse avec les couteaux. Alors j'ai tenté de les lui enlever, et c'est là qu'elle...

Elle fit une pause et soupira avant de continuer.

— Et c'est là qu'elle m'a enfoncé le couteau dans la cuisse. La douleur et le sang m'ont saisie, je ne bougeais plus. Il n'y avait rien dans son regard.

Asclé alla frotter le dos de Lupe. Lupe enchaîna.

— Ensuite, ma petite sœur a retourné le couteau contre elle et elle s'est écroulée sur le plancher. Tout s'est passé tellement vite. Ma mère appela un médecin à la maison. Il constata le décès de ma sœur et me soigna.

On décida de cacher l'évènement. Les funérailles se firent en cachette. Le secret était devenu difficile à garder pour la jeune fille que j'étais.

— Je comprends ! dit Asclé.

— Même si je me taisais, une de mes amies a bien vu que je ne me sentais pas bien et j'ai fini par lui avouer ce qui nous était arrivé. Elle m'a tout de suite crue.

— Moi aussi je t'aurais crue, dit Marguerite.

— Je le sais. Cette amie a fait des recherches. Elle avait accès à une grosse bibliothèque où ses parents travaillaient et c'est elle qui m'a mise en contact avec un prêtre qui pratiquait des exorcismes.

— Il vous a fait ce que vous avez fait à Asclé ? demanda Étienne.

— Pas exactement le même, mais cela ressemblait. Je n'étais pas possédée, mais notre maison était infestée.

— Ça donne la chair de poule, dit Marianne.

— Le prêtre m'a conseillé de dire à ma mère de cesser de tirer aux cartes et de déménager en passant un cours d'eau.

— Ça a fonctionné ? demanda Asclé.

— Oui ! Et c'est pour cela que je vous mets en garde contre la tentation de jouer à Ouija ou encore de lire dans l'avenir. Des esprits malins tournent autour de nous et n'ont rien d'autre à faire que de venir nous embêter quand nous les invitons.

— Je jure que plus jamais je ne jouerai à ces jeux, dit Marianne, et je vais même prévenir ma tante.

— Il n'y a que les jeux qui attirent ces esprits ? demanda Asclé.

— Non, il y a des lieux aussi, plus propices à des rencontres de ce genre.

— Comme les cimetièèèèèères, taquina Étienne.

— Tu serais surpris jeune homme de savoir qu'il y a plus d'esprits malins dans les parcs d'attractions et les foires que dans les cimetières, dit Lupe.

— Mais… je ne comprends pas, ils aiment les montagnes russes ? Cool !

— Si tu étais pêcheur, où irais-tu ? Dans une flaque d'eau ou dans un bassin ensemencé ? demanda Lupe.

— Mmmmm ? dit Étienne.

— Parce qu'il y a plus de jeunes dans les parcs que dans les cimetières ! dit Asclé. Voilà pourquoi !

— Et pour finir, eh bien maintenant, j'aide les gens qui ont des problèmes à se débarrasser de ces entités. C'est comme le juste retour des choses : on m'a aidée, maintenant c'est à mon tour.

— Vous réussissez à faire le bien, c'est génial, dit Marianne.

— N'allez pas croire que je suis parfaite pour autant. D'ailleurs, je me confesse du péché de gourmandise, car je reprendrais bien certainement une deuxième assiette, dit Lupe.

Étienne lui passa son assiette sale.

— Et une deuxième assiette pour madame ! dit-il.

Tout le monde se mit à rire. Et Miguel, flatté, lui resservit une autre portion.

— Que diriez-vous de dormir à la clinique ce soir et pour le reste de votre stage ? demanda Marguerite à sa nièce et à ses amis.

— Je serais déçu, dit Étienne, j'ai pris goût au château ! railla-t-il.

— Contrairement à lui, j'en serais très heureuse, dit Marianne.

— Ce serait bien, dit Asclé. Mais qu'allons-nous faire de tous les objets qui sont dans le sous-sol ?

— On pourrait les vendre et voyager, dit Étienne.

Les filles lui jetèrent un regard meurtrier. Marguerite éclata de rire.

— Qu'est-ce que j'ai dit encore ? Suis-je le seul ici à aimer l'argent et son luxe ? dit Étienne, faisant la moue.

— Je pense qu'un musée serait bien. Qu'en dites-vous ? dit Marguerite.

— Excellent ! dit Miguel. L'histoire, les enfants, c'est cé qui formé l'avenir. Apprendre de nos erreurs, c'est cé qué nous dévrions tous faire. L'Inquisitione né doit pas sé répéter.

Après le souper, les jeunes firent leurs bagages et montèrent dans la voiture. Ils regardèrent le château pour la dernière fois.

— Un château sans fantômes, c'est comme un gâteau sans glaçage, c'est fade, dit Étienne, rigolant.

— Alors tu ne seras pas déçu, dit Lupe, regarde à la fenêtre du haut !

Derrière les rideaux, une ombre les regardait.

— Il en reste ? s'inquiéta Étienne.

— Il y en aura toujours, c'est un super château pour une retraite fantomatique, se moqua Marguerite.

— Eh bien, qu'attendons-nous pour partir ? demanda Étienne.

— Mais qu'est-ce qui presse ? dit Marianne. Qui vote pour qu'on laisse Étienne passer une dernière nuit là ?

Tous levèrent la main en riant.

— Bon ! Pas de problème, mais ça manque de princesses.

Étienne se mit à chatouiller Marianne jusqu'à ce qu'elle lui fasse des excuses. Le chemin du retour se passa à merveille.

LA RÉSOLUTION DE FIN D'ÉTÉ

*« La meilleure façon de combattre le mal
est un progrès résolu dans le bien. »*
Lao-Tseu

L'été avait été fantastique. Les jeunes avaient approfondi leur connaissance des plantes à un tel point qu'ils auraient pratiquement pu faire seuls les consultations. Ils se trouvaient bien chanceux d'avoir eu accès à tout cet enseignement. C'était leur dernière journée et, pour cette occasion, ils avaient décidé de se promener dans la belle ville de Séville. Ils s'arrêtèrent devant la cathédrale Santa Maria de Sévilla, la plus grande église d'Espagne.

— Vous imaginez cette cathédrale grandiose dont la construction a débuté en 1402 ? dit Étienne. C'est aberrant, le fossé entre la richesse de l'Église et la pauvreté du peuple.

— Cette église existait quand on m'a envoyée sur le bûcher, dit Asclé, qui avait une impression de déjà vu.

Marianne serra Asclé dans ses bras. Asclé revoyait toutes les tortures qui lui avaient été infligées. Elle se dirigea vers un banc de parc avec ses amis. Elle prit son miroir magique maya entre ses mains et sourit.

— J'ai bien réfléchi à tout ce que nous avons vécu et je me suis dit que nous pourrions faire encore mieux, dit Asclé.

— Ce serait trop demander de préciser ? dit Étienne.

— La torture… dit Asclé, songeuse. On la pratique encore.

Tous gardèrent le silence quelques minutes, réfléchissant à ce qu'ils avaient entendu à propos de la torture dans le journal télévisé. Comment était-ce possible ? Comment pouvait-on encore aujourd'hui employer de si monstrueuses manières pour faire parler ou avouer des êtres humains ?

— Que pouvons-nous faire ? dit Marianne.

— J'ai pensé aider un organisme qui défend les droits humains et qui se bat contre la torture, répondit Asclé.

— Cool ! dit Étienne.

— Lequel ? demanda Marianne.

— Au Canada, il y a Amnistie Internationale, répondit Asclé.

— Ah oui, je me souviens maintenant qu'à l'école, ils nous en ont parlé. On envoie des lettres et des cartes aux prisonniers politiques ou encore au gouvernement, dit Étienne.

— J'aimerais bien, dit Marianne.

— Moi aussi, dit Étienne.

— Alors c'est décidé, on va agir, dit Asclé, souriante.

Leur miroir magique maya se teinta d'une magnifique couleur dorée qu'ils n'avaient jamais encore vue.

— Vous avez remarqué nos pierres obsidiennes ? Elles sont éblouissantes, dit Asclé.

— J'imagine que c'est bon signe, dit Étienne. Après tout, on mérite une pause. Qu'en dis-tu Princesse ?

Étienne prit Marianne dans ses bras et la fit tourner sur la place publique.

— Dépose-moi ! cria Marianne. Dépose-moi, je te dis, espèce d'idiot !

Asclé souriait de les voir heureux. Elle se demandait si sa mère s'était ennuyée. « Bien sûr, qu'elle doit s'être ennuyée, mais elle ne l'avouerait pas… même sous la torture », pensa Asclé.

Ils s'arrêtèrent prendre un jus avant de regagner la clinique où les attendait Marguerite.

— Marianne, j'ai une surprise pour toi, dit Marguerite quand les jeunes entrèrent dans la cuisine.

— Pour moi ?

— Ils ont retrouvé ta valise ! dit Marguerite, joyeuse.

— C'est une blague ? demanda Marianne.

— Non, c'est tout ce qu'il y a de plus vrai. Ils m'ont demandé s'ils devaient venir la livrer. Je leur ai dit qu'ils feraient mieux de la garder puisque vous vous en retourniez ce soir.

Marianne fit une moue. Elle s'était acheté quelques vêtements avec l'argent qu'elle avait gagné, mais elle avait été incommodée de ne pas avoir ses propres choses.

— Par contre, ils m'ont envoyé une enveloppe à ton nom.

Elle lui tendit une enveloppe qui contenait de l'argent. Marianne n'avait jamais vu un aussi gros montant d'argent.

— Penses-tu que cette compensation suffira ? demanda Marguerite.

— Grandement ! sourit Marianne. Asclé, je t'invite à une séance de magasinage après-demain à Montréal.

Asclé se mit à rire.

— Et moi alors ? dit Étienne.

— Si tu transportes les paquets, c'est d'accord, tu peux venir, dit Marianne, le taquinant.

— C'est de la discrimination ! s'écrit-il.

— Bon ! Finissez vos valises et nous allons les mettre dans la voiture. Je crois que je vais m'ennuyer, dit Marguerite.

— Moi, je pense que tu devrais inviter Miguel plus souvent, dit Asclé en lui faisant un clin d'œil.

— De quoi te mêles-tu ? demanda Marguerite, souriante.

— Des affaires de la famille. Ce serait bien d'avoir une cousine ou un cousin, dit Asclé.

— Es-tu folle ? Un bébé à mon âge !

— Pourquoi pas ? dit Marianne. Il y a de plus en plus de femmes plus âgées qui ont des enfants.

— Vous viendrez me montrer les vôtres dans quelques années et je crois que ça sera suffisant, répondit Marguerite, qui les poussa vers leurs bagages.

Ils prirent le chemin de l'aéroport avec une certaine nostalgie dans le coeur.

LE RETOUR

« L'histoire doit maintenir vivante la vie. »
Americo Castro, *Réalité de l'Espagne*

Marguerite les embrassa chacun leur tour en les remerciant du fond du cœur et en s'excusant pour le début mouvementé de leur stage.

— Tu diras bonjour à ta mère et dis-lui qu'elle peut venir quand elle veut, dit Marguerite.

Asclé s'imaginait très mal sa mère faire un voyage comme celui-là, mais par politesse elle répondit :

— Je lui ferai le message tante Marguerite, c'est promis.

— C'est très bien ! Soyez prudents, les enfants. Allez bon ! Vous allez manquer votre avion.

— Au revoir ! salua Marianne.

— À la prochaine ! dit Étienne. Je vous louerai un château ! rajouta-t-il.

— Ah ! Ah ! J'irai faire un tour, je vous le promets.

Elle les salua une dernière fois avant qu'ils ne disparaissent derrière les barrières de sécurité.

— Je vous paye la bouffe, dit Marianne.

— Cool ! dit Étienne.

— Merci ! dit Asclé.

Ils repérèrent un petit restaurant français.

— Ça a l'air bien ! dit Marianne. Ça vous tente ?

Les deux autres acquiescèrent de la tête. Ils allèrent s'asseoir à une table. Étienne regarda les affiches de voyage de tous les pays épinglées sur les murs.

— Ce serait bien, un voyage en Italie, dit Étienne.

— Avec nous ? demanda Marianne.

— Bien sûr, Princesse ! Regarde, le miroir magique d'Asclé a changé de couleur !

Asclé et Marianne, inquiètes, regardèrent le collier.

— Qu'est-ce que tu racontes ? Il n'a pas changé, dit Asclé.

— C'était une blague ! On parlait de voyage et comme nos voyages finissent toujours par tourner en aventure extraordinaire, j'ai fait une blague !

— Idiot ! dit Marianne.

— L'Idiot et la Princesse ! J'aime bien ce titre ! Ce pourrait être un beau titre de livre ou de film, blagua Étienne. Qu'en penses-tu Asclé ?

Étienne lui passa la main dans le cou. Asclé eut soudain l'impression que Félipe était de retour. Ses jambes ramollirent et son cœur se mit à accélérer. La main d'Étienne dans son cou la faisait frémir, elle s'en dégagea. Elle ne pouvait pas ressentir d'amour pour Étienne, sans pour cela trahir Marianne. L'amitié garçon-fille était difficile, mais comment ne pas ressentir d'attirance à un moment donné dans une relation comme celle-là ? Heureusement, la serveuse apporta leurs plats et Étienne retira sa main de son dos. Asclé respira mieux.

— Ça va ? demanda Marianne, qui eut peur qu'Asclé ne retourne dans un de ses sombres passés.

Que lui dire ? Qu'elle était en train de tomber follement amoureuse d'Étienne ? Pas question ! De toute façon, elle ne pouvait pas ! Étienne était comme son frère, et c'était parfait comme ça. N'empêche que dans l'autre vie, il embrassait très bien. Il ne pouvait pas avoir perdu le tour. Asclé en vint à la conclusion que les vieilles âmes embrassaient bien, un point c'est tout! Étienne faillit remettre sa main dans son dos, mais elle l'en empêcha en disant:

— Je vais très bien! Mangez! Sinon ce sera froid!

Alors, ils firent honneur à leur repas et Asclé se changea les idées.

L'embarquement se fit sans encombre. Le seul problème était les numéros de sièges. Asclé se retrouvait collée sur Étienne alors que Marianne se retrouvait dans une autre rangée.

— Prends ma place, dit Asclé à Marianne.

— Non! Un peu de repos toute seule ne me fera pas de mal! dit Marianne.

— Allez! Tu seras mieux à côté d'Étienne, dit Asclé, insistante.

— Non! Ça va! dit Marianne, qui prit place à son siège, voyant les gens debout qui commençaient à s'impatienter.

— Je peux m'asseoir seul, si vraiment vous n'avez pas le goût de vous asseoir avec moi, dit Étienne, blessé.

Asclé regrettait d'avoir insisté. Ce n'était pas du tout pour cela qu'elle avait demandé à Marianne de prendre sa place.

— Voyons Étienne ! J'adore être assise à côté de toi, c'est juste que je passe mon temps à être malade en avion et que tu as déjà été obligé de me supporter une première fois.

— Ça me fait plaisir ! dit Étienne. Après tout, ça me donne droit à un sac de biscuits supplémentaire. Je vais te donner la main, ça te calmera et je suis sûr que tu ne seras pas malade.

Asclé tourna la tête pour regarder dans le hublot. Les frétillements d'excitation dans son ventre reprenaient soudainement. Étienne mit la main sur sa cuisse.

— Tu vas voir, ce sera génial ! dit Étienne.

Asclé ne savait pas où regarder pour ne pas exposer son malaise. Étienne lui prit gentiment le visage et le tourna vers lui.

— Tu me fais confiance ma Belle !

Avait-elle rêvé ? Venait-il vraiment de l'appeler « ma Belle » ?

— Je... répondit Asclé.

Il passa son bras sur ses épaules et la serra contre lui.

— Je vais te protéger, dit-il en l'embrassant sur le front. Après tout, les amis sont là pour ça.

Asclé se laissa aller entre ses bras musclés. Une larme coula sur sa joue. Étienne s'en aperçut. Touché, il la sécha avec ses doigts.

— Tu n'as plus rien à craindre Asclé. Je suis à tes côtés.

Asclé ferma les yeux et dormit tout le voyage.

Étienne la réveilla à l'arrivée.

— On est à Montréal Asclé. Réveille-toi!

— Mmmm?

— On est arrivés! Penses-tu que ta mère nous attend?

— Je ne sais pas? dit Asclé en s'étirant.

Marianne, rayonnante, envoya la main à Asclé. « Comment fait-elle pour être si belle? » se demanda Asclé. Les gens commencèrent à quitter l'avion. Étienne attrapa le bagage à main d'Asclé et lui offrit de le transporter.

— Merci! dit Asclé, qui se sentait faible.

— Pas de quoi!

Étienne rejoignit Marianne.

— Eh puis Princesse, comment te sens-tu?

— Bien! Et toi?

— En parfaite forme, prêt à aller sauver des millions d'enfants de la noyade, dit Étienne.

— Dis plutôt, des milliers de filles en bikini.

Étienne sourit à la remarque. Marianne serait-elle jalouse ? Étienne se sentait flatté. C'est vrai que son emploi lui plaisait, mais il n'avait jamais pensé que cela puisse déranger Marianne.

La mère d'Asclé, affublée d'un deux-pièces turquoise à fleurs roses, arriva en bousculant quelques valises et quelques personnes sur son passage. Elle s'approcha d'Asclé et lui ébouriffa les cheveux.

— Je vous ramène tous les trois.

— Je suis heureuse de te revoir, maman. Tu m'as manqué, dit Asclé en tentant de lui faire un câlin.

— Mmmmmmmm... Dépêchez-vous ! L'aréoport est plein à craquer.

— On dit « aéroport » maman !

— Si tu m'as comprise, pourquoi me reprends-tu, Asclépiade Laplante ?

— Arrête de m'appeler Asclépiade, maman ! C'est le nom d'une plante.

— Et ton nom c'est Laplante ! répondit sa mère.

Marianne et Étienne suivirent le cortège en riant. Madame Laplante était très originale, mais aussi très différente de sa sœur

Marguerite. Elle conduisit les trois jeunes vers sa voiture, tête baissée, accrochant quelques valises et quelques passants sans même s'excuser.

Une jeune fille visiblement effrayée passa devant eux en courant, bousculant Asclé. Asclé la regarda, intriguée. Une vision se forma dans sa tête. Elle vit la jeune fille avec des fers aux pieds. L'esclavage existait donc toujours ! Elle chassa cette image embêtante de sa mémoire, mais si elle avait regardé son miroir magique maya, elle aurait su que le destin allait encore une fois lui demander son aide.

ÉPILOGUE

*« Pour promettre l'Éternité,
les religions restreignent les libertés. »*
Jacques Attali, *Fraternités*

Asclé continua d'écrire à sa tante Marguerite. Elle sut que Miguel et elle demeuraient maintenant ensemble. Elle était heureuse pour eux. Miguel travaillait à la clinique avec Marguerite. Il avait suivi des cours et donnait des consultations, ce qui permettait à un plus grand nombre de personnes de se faire soigner.

Il y eut d'autres incidents au château de Mendoza. Il fut donc conclu qu'il serait barricadé et interdit de vente. Les fantômes vivraient donc en paix et tant mieux pour eux. Le musée d'histoire avait très bien accueilli les objets trouvés à l'intérieur du château. Il avait même fait une exposition spéciale sur l'Inquisition espagnole au XVe siècle, exposition qui allait bientôt voyager à travers le monde. Asclé et ses amis s'étaient promis d'aller la voir quand elle arriverait à Montréal.

Asclé, Étienne et Marianne s'étaient joints à une cellule d'Amnistie Internationale et avaient participé à la campagne de cartes de vœux pendant le temps de Noël. Devinant maintenant ce que pouvait signifier être en prison et se faire torturer, ils avaient pris le temps de dessiner de belles cartes et d'écrire des bons mots d'encouragement. Quelques mois plus tard, ils avaient appris avec joie, en lisant le journal d'Amnistie, que cela avait permis à six prisonniers politiques d'être libérés.

Comme avait si bien dit Aristote : *Quand agir dépend de nous, ne pas agir dépend de nous.* Et ils continueraient, tous les trois, d'agir pour le bien, envers et contre tous.

Voici une lettre qu'ils envoyèrent au Premier ministre du Canada :

Monsieur le Premier ministre,
Aujourd'hui encore, la torture demeure une réalité quotidienne pour un nombre incalculable d'hommes, de femmes et d'enfants dans le monde.

Le 22 juin dernier, le Protocole facultatif à la Convention des Nations unies contre la torture et autres peines ou traitements cruels, inhumains et dégradants est entré en vigueur, 20 États l'ayant ratifié. Ce Protocole facultatif, en créant un nouveau système international d'inspection des centres de détention, oblige les États parties à soumettre leurs lieux de détention à des visites de contrôle ponctuelles et sans préavis. Il s'attaque ainsi à l'un des plus importants facteurs qui permet à la torture de se répandre : le secret !

Il est inadmissible que le Canada n'ait pas été au nombre de ces 20 pays.

Nous demandons donc au Canada d'affirmer clairement son engagement à combattre et prévenir la torture en signant et en ratifiant sans délai le Protocole facultatif à la Convention des Nations unies contre la torture et autres peines ou traitements cruels, inhumains et dégradants.

Nous vous prions d'agréer, Monsieur le Premier ministre, l'expression de nos salutations distinguées.

Asclé, Marianne et Étienne

Fin